你活着
因为你有同类

城市与艺术家散文杂记

你活着
因为你有同类

城市与艺术家散文杂记

刘索拉著

文汇出版社

关于文汇原创丛书

在科学创造中，个人的灵性最终淹没在对共性和规律的探求中。而艺术的创造，则是一种无可替代的个人的灵性。

如果没有牛顿，一定会有马顿或羊顿取而代之，因为苹果总要从树上掉下来，万有引力总要被发现。

然而如果没有达芬奇、莎士比亚和曹雪芹，也许我们永远不会知道人类还能创造《蒙娜丽莎》、《哈姆雷特》和《红楼梦》这样的不朽之作。

人类文化史是由不可替代的个人灵性构成的。新的天才出现并不会使过去的大师黯然失色。就如李白的光辉不会掩盖曹雪芹的不朽，毕加索的出现不会使达芬奇失去价值。

真正的作家艺术家的价值在于他们作品的原创性。他们的个性越是伸展自如，生命力越是自由洋溢，艺术的原创力也越是精彩飞扬。

科学技术的突飞猛进给人类带来巨大财富的同时，也潜藏着巨大的隐患。小小鼠标把一切变得轻而易举，按按电钮使一切变得舒舒服服，趋同与一律化正在扼杀文化的生机，如马尔库塞指出的技术统治社会的"单面人"的危险不再是杞人忧天。人正在逐渐丧失最宝贵的创造力。

当我们在为建设先进文化努力的时候，文化创新自然成为我们最为关注的课题。文化原创力是文化创新的核心所在，如何发掘、发扬和保护文化原创力，如何造成一种能使文化原创力蓬勃发展的文化生态，必须提上我们的议事日程了。

我们把这套丛书命名为原创丛书，只是表明我们的一种态度，一种呼吁，一种要求和一种愿望。

我们希望文化界、出版界和读书界共同来呼唤原创作品，推动原创作品，关注原创作品。

一套丛书只是一块小小的铺路石，我们期待着从我们的背上走来新一代的大作家、大作品。

主编

目录

试试音乐，试试文学（代序）　001

曼哈顿随笔　001

在柏林买乐谱　013

对北京的只言片语　019

《觉》剧组说北京　029

给自己一个狂热夜晚　035

从迪斯科跳到 house，techno　043

"非典"时期的音乐情调供参考　051

服装——文化和信念　063

张暖忻的《青春祭》及其它　079

自由爵士音乐的开山祖——奥耐德·考门　089

音乐游击队长——比由·拉斯威欧　095

我的灵魂姐妹——爱米娜·梅雅　101

未成曲调先有情——速写佛南多·桑德斯　107

速写佛朗·阿克拉夫　113

菲尼斯·纽本死前的那一串音符　117

胡同没了，北京的故事也没了——由鲍昆的胡同摄影而联想　123

废墟中找乐，不修饰的修饰——杨小平的乐子　131

从未被开发的女性灵魂——蔡小丽的花卉　139

持续销魂的时间——艾未未的仿古家具及其它　145

灵石动机变奏曲——刘丹的微观世界和动机变奏　151

为青少年读者作的音乐家言论拼贴（代结束语）　001

试试音乐 试试文学

音乐是情人。一旦开始调情，弄得你五迷三倒，不知如何是好。本来挺聪明的人，让它一纠缠，也乱了阵营。人生本来并没有那么暗淡或光辉。本来就是那么些平常小事：吃饭、睡觉、聊天、工作、晒太阳、买东西等等。但让情人一挑唆，突然你开始对什么都发电：太阳本来就是那么一团光，但在爱情的感召下，你愣觉得太阳也能思想。本来睡觉是平静的，闭上眼，睡得能跟死猪比，才是睡；但有情人在身边，睡觉成了动荡的事，死猪般的贪睡欲突然消失，只是想多醒着多感觉对方，什么都不明确，对方的每一举动都有特殊含义。它就躺在你身边，不知道下一句它要说什么，干什么，你只有期待。它发出信号，你接受，陶醉，不知道前景，每一分一秒钟都是享受，它让你整个浸泡在它里面，包容你，替你思索。你的身体随着它的操纵而蜷缩或伸展，无休无止。即使白天的事务性工作使你变得婆婆妈妈、骂骂咧咧，但一见到情人，你张嘴说什么它作出的反应都是鼓励。它用它的欲望来鼓励你，它发出声音，使你的骂骂咧咧也有了节奏。

骂呀骂呀，它帮你在想象中发起战争，把你所有的怨言变成高雅的炮弹发射出去，炸平所有你看着就有气的堡垒。然后你就可以休息了，它开始抚摩你的幻觉。你是不是这么美妙？谁知道，最起码它让你觉得自己真是绝妙佳人，脸上有了光，眼睛还可以含泪，渴望爱情，它就在这儿。

文学是婚姻。天天问你吃什么喝什么，你的什么下水都可以往它那儿倒。它在身边时，你读一会儿，得到启发，满意地睡去，可以睡得像死猪。它都说了什么，其实也不重要，但你就是可以感到满足，至少你知道有那么一位在你耳边唠叨，你也可以对它唠叨，互不挑剔，只是互相唠叨，有想象力或无想象力都成。用不着感觉你自己是否美丽或有节奏感，你可以接受它的所有缺陷它也接受你的。它的唠叨即便使你感动也不至于使你跳跃，因此决不会过于放纵而致疲劳。白天见了一堆狗屁事，回家揪着它说呀说。说什么它也不见得真爱听，但管它呢，就说下去。面对它你可以无所顾忌，反正它知道你所有的残疾。它听你听得太多了就学会保持沉默，它的沉默使你把倒出去的脏水又捞回来自己喝了。这下面的日子就是你得冲你自己说。你说我真他妈的美，它斜眼看看，没反应。你刚说出去的话又弹回你自己耳朵里。但你还是忍不住要说，说得你口干舌燥，起身照一下镜子竟然又苍老了许多！本来是想通过叙说青春而得美貌（如果说给情人时它就会使你满足），但现在说多只是换回更多惆怅，起了更多碎褶儿，还犯了自恋狂，不用对方回答自己就先信了。可日常生活就是这么一个字一个字进行着，并无节奏感，阳光也不思想，睡态也不能老是美丽，唠叨是必要的，我们靠着婚姻找到另一种满足。

但是再反过来，文学也能当情人。它的调情是窃窃私语，无时无刻不想占用你的空间，还居然知道你心底所有见不得人的小秘密，通过它的爱情，你的弱点都给美化了，它用爱情把你塑造成一个你自己都不认识的神仙。它告诉你，你的自私叫自我，你的欲望叫爱情，你的酸情叫浪漫，你的不自信叫自尊，你的怯懦叫敏感……让它的爱情一勾，你怎么都觉得你自己是完美无缺呀。黑头发披在小柳肩上，太阳照在小眼睛上，它对你说，风，云，情，美，古人，来者，史诗，文册，到处都是白纸黑字的印迹，你高于一切，你就是神，是领袖，是最敏感者、最明智者，男人女人都该拜倒在你的脚下，因为你的情人替你诉说痛苦和渴望，把所有不固定的现象都固定在你的语言里，还让它们都印在书中，使生活先死在书里再在读者的想象中复活，然后读者带着他（她）的生活走进你的想象，也找到了情人，体验着爱情，活出痛苦来，也开始写，让后面的读者再读了以后走进去体验活着的痛苦。最好的情人就是制造假象，偶尔不留神露出真实来，也有充分的语言使你相信那真实的美好和力量，你看着真实的残缺恍然大悟，原来残缺也是美好，于是真实又变成或者夸张或者淡化的假象活在描写中。本来你已经为生活而疲倦，突然文学含情脉脉地看着你让你倾诉又开导你，突然连脚底下的污泥都有了新的意义！它把你所有无价值的唠叨都变成了有价值的历史记载和艺术，尤其是当它把你的唠叨变成文字印在书中，你乐得忘了其实你的脚气是传染性的！啊，我们多么需要这种无所不包无所不通的大情人！我们多么需要一个可以每时每刻都能对话并"提高境界"的情人！我们多想看到情人就跟照镜子似的更自恋起来！我们多么需要一个可以设计我们形象的情人！镜子有时还会残酷地诉说我们的生理缺陷，但文学能在你的心灵上安一面你想看的镜子，在这面镜子前，你完美无缺，想当什么样的人都行。它并且把这面镜子中的你用文字印在纸上书中（如果有可能的话），告诉世人，有那么个你，不像那个真的你那么糟糕。

跟音乐结婚也不错。音乐在谈恋爱的时候很抽象，等一结了婚，就变得很简单。结了婚，它就不整天追求灵感了。它其实是那种很有逻辑性的伙伴，需要感情的时间很短，一旦需要，半分钟就知足了，剩下的时间都是设计。在那精彩的半分钟，它给你无限的天地，使你陶醉，但半分钟之后，它只是用结构维持着你的想象力，即不浪费你们的精力，又不使你失望。它用结构使你们的关系伟大、美丽，使你们的关系令人垂涎。但你们都知道，你们之间根本不用多废话，多费力，一切都是心照不宣，如果它用一个长长的音来设计你们今天的生活，那不过是一个长音而已，你完全不必追究这个长音中的哲学性。因为哲学意义是音乐在当情人时讨论过的，它可能会和你只讨论半分钟，但它会用三个月的长音来对付你对人生的渴望。它觉得你应该满足。因为生活不过是活着，声音不过是声音。对外人来说，你们的婚姻永远是神秘的，因为他们不能长期听到那些声音，对你来说，你们的婚姻是不断变化中的逻辑性和默契，是结构，是设计，是在变化中找到稳定。不明白这个，就不明白婚姻，明白了婚姻中的哲学，你才能享受。婚姻不能婆婆妈妈的老是追求感觉的细节。当你真的能从种种节奏和音响变化中找到那种稳定的因素，明白了婚姻中的貌似变化其实冷静的实质，你会开始享受。只需要半分钟的亲近，你们之间就可以达到一种默契，冷静的同时充满享受，持续着动作，持续着高峰，同时不耽误晚饭。这默契全是由于你们对结构的把握而带来的快感。而不是像有些婚姻，没有结构，只好死死缠着计较爱情的每一点一滴，累个贼死，还是要互相抱怨。总有不到之处。

曼哈顿随笔

曼哈顿随笔

1993年，我的美国音乐代理人打电话到伦敦，说她为我在曼哈顿找到了一套转租的房子，地点是在格林威治西村。从那以后，西村就象征着我新生活的开始。等费尽了千番周折从伦敦来到纽约曼哈顿，搬进西村的第一天，我就把新宅房子里一把房东的"古董"椅子给坐折了。从此后我惧怕纽约的古董家具，谁家有古董家具我都绕着走。转租（sublet）的意思是租用别人租来的房子。一般这种情况房子里都有现成的家具。我租的那套单元里充满了古董家具，砰，一个水杯放在桌子上，桌子上一个水印，那是古董油漆，怕水；咚，一屁股坐在椅子上，椅子腿就折，那是二次世界大战时的木工。后来我赔偿了很多古董家具修理费。在英国跳蚤市场上卖的旧货，在美国就可以进博物馆陈列。我在房间里绕着各种陈列物走，还是免不了那些木头们自己就裂开。邻居家的钢琴响了，指法清脆利索。这楼里都住的是什么人呢？直到有天楼里着了大火，我才见到一些邻居。发现我们那

个楼里住的都是单身，很有些风流人物，不知是艺术家还是同性恋的派头使他们举止非凡。各家抱出来的都是小猫小狗，没有小孩儿。

离我住地不远，是个很舒服的咖啡吧兼饭馆。年轻人在那儿一坐就是一天，可以看书、吃饭、喝咖啡、约会、聊天儿。大沙发椅有种安全感。这安全感有时对外来人是一种假象，因为伺者可以根据你的风格来决定他是不是要热情招待你。如果他不认同，你就一边等着去。看着他有选择地嘻嘻哈哈或气势哼哼地招待顾客。这就是西村人向外人显示无名压力的时候。来这儿的大多是艺术家，话题永远是项目、计划、前景，外加谈论爱情……姑娘们尽力要使浑身曲线分明，那就是她们给曼哈顿的礼物，曼哈顿喜欢线条儿。

在西村散步。我和朋友发现一条小街上的法国饭馆，安静，没有外来青年们改天换地的高谈阔论气氛，来的都是老住户，是来吃饭的好地方。走进去，想找个座位，伺者出来，不太情愿地问，几位？然后说，午餐快结束了，没什么饭了。似乎他不愁没生意。我看看四周，屋里面坐着的人们在看报纸，屋外露天坐着的人们也是在看报纸。所有的人都是坐在那儿看报纸，没人说话，但似乎所有的肩膀都开始审查我们：这外来的是什么人？他们是住在这儿的还是游客？似乎他们都在向饭馆的老板示意：我们可不想和游客在一个饭馆里吃饭！要是你把这个饭馆搞得像游览区饭馆一样庸俗你就会失去我们！你是要游客还是要我们？！这些外来的游客都是一些傻瓜！就是他们把环境破坏了！我们住在西村的人就是不喜欢这些专会破坏景象的游客！庸俗的游客，没准是日本人，闹不好还会掏出照相机来……这些肩膀们发出的无声抗议，使我怀疑错进了帮会俱乐部。住在西村的老住户有时候像金字塔里的石头，闹不清他们自己是塔或只是些石头，是没有塔就没有他们还是没有他们就没有塔？反正这是文化名流聚集地加现代文化发源地，即便你想向文化贡献小命，没有他们的默许，也没地方去献血。

走出西村到东村，东村的饭比西村容易吃。东村住的人没有西村那种成就感，更加随意、外露、不修边幅。街上走的尽是披头散发的男女艺术家，夜生活比西村热闹得多，到了晚上人和狗都在街上整夜寻配偶。人们眼睛里发着亮，随时期待着什么新刺激出现。那儿整夜都有各种声音，不管是不是做艺术的人，住在那儿，就是要追求艺术。你能看得出来他们人人被内心的艺术渴求烧得冒火。想当作家的人最好是住到东村去，听听噪音，使你完全不能精力集中，一天到晚能感受人类对情欲的饥渴。于是你开始不得安宁，要逃避那些声音，可又要听那些声音，还要参与那些声音；你不能等待，不甘寂寞，不能自拔，挣扎着寻找更多在别处找不到的感觉。那些快乐，那些消耗，那些挣扎，不在其中是不能体会的。你必须被东村骚扰到向它妥协，再不用常人方式思索和生活，精疲力尽，一个字都没了，就搬出去，变成另外一个人，油头粉面，把你所经历的灿烂时刻都消化掉排泄出去了，再不写作；也可能突然有一天，那些血都涌上来了，成串的字带着大麻味儿滚滚吐出，小说有了。

但我没在东村停住脚。走出东村，到了十四街。到了十四街就是彻底出了格林威治村。那儿煮着另外一种生存方式，热气腾腾。人到了那儿就回到生活最本相，单纯地满足基本需要。满街都是不管质量、不问品牌、不论审美的便宜货，穷人天堂。移民可以大批廉价购买衣食住行所需用品，装进黑色垃圾袋中扛回家解决急用之需。一步之差，那儿和格林威治西村就是两个世界。十四街是穷人的真理，一把勺子就是一把勺子，它不可能是一张床。可是出了这条街，上了第五大道，或者是去那时还存在的下城巴尼斯分店（Barneys），一把勺子可能就是大门，品牌和设计使它变成了身份和教养的标志。美学，情趣，想文明？你就活在文明的压力下。刚一学会审美，就要先体验有钱不知道怎么花的困惑；一旦知道了怎么花，又随之招来被文明欲望驱使的劳碌； 永远不满足已经有的，永远想有个更高雅的符号，永远在寻找新的……我住在伦敦的时候，一个英国朋友说："干脆不去商店了，不知道买什么才对。"伦敦人可以躲在习俗的后面，曼哈顿人只能不停地换胃口。曼哈顿的商店预示着移民的命运，你会挣扎，会暴发，会死掉，什么都是你的。

从西边往上走，是乔西（Chelsea）地区。乔西地区是在十四街之上，三十街之下的西边，那儿是老房子老店堂老市民。如果用颜色形容曼哈顿，格林威治西村是黑色，乔西就是粉的。这儿尽是曼哈顿的老住户。著名的乔西旅馆过去以便宜得名，曾经吸引过不少作家艺术家，这些人的行踪被载入史册后，乔西旅馆也跟着成了文化象征。现在它是老样子新价钱，吸引着要买文化气的顾客。乔西旅馆旁边是一个热闹又艳俗可亲的西班牙饭馆，每天客满，来的都是外省的白人，穿着土气鲜艳，吃得热火朝天。顾客中，也常常混入些纽约名流，为了享受温暖的市民风韵而舍弃格林威治村里幽雅的西班牙餐厅，到此来大啃龙虾巨蟹。乔西的街上什么人都有，风貌绝不似格林威治村那么酷，也没有强烈的文化优越感。老式的音乐俱乐部和新开的时髦画廊并没有使街道变得更趾高气扬。乔西街道有好胃口，街头小商品，跳蚤市场，古玩商店街，花街，Barnes & Noble 书店……在乔西二十八街买的古董一旦进了格林威治村那些高雅的古董店马上就会由于价码不同有了新的美学意义。二十八街上卖古董的，个个满面风霜，脸上写着故事。游客、乞丐、艺术家、小贩、骗子、忧郁症者、学生、小职员、退休老人、垃圾和珠宝、假象和真象都在街上挤，一个典型的老城区。

烦于被"艺术"气氛骚扰，我决定搬出格林威治村。先是住在曼哈顿东边的三十街，离"印度城"很近，是个安乐窝式的地区，住的都是良民。附近有一家出名的意大利咖啡店，蛋糕好吃。我常去那儿坐着看书喝茶，还有一个男人也常去那儿坐，一坐就是一天。后来我发现那男人是个日本作家，他把自己的照片和报纸评论都装在镜框里挂在咖啡店的墙上。这不是艺术家区，店里来的都是普通人，他们不谈论文化。你看着作家在墙上的照片再看他本人坐在那儿，觉得很滑稽，不知他是在装饰那个店还是那个店在装饰他。 所有我认识的艺术家朋友都吃惊为什么我会搬到那座崭新的单元楼里去住，对于下城的艺术家来说，新式的单元楼毫无审美价值。但我在这个既不疯狂也没有想象力、感觉不到挣扎也感觉不到挥霍的地区完成了一些很重要的作品。没事的时候走到第三大道上，街上那些密密麻麻的各色饭馆和各类民族食品店实在吸引人。夜里偶尔有几个妓女出没街头，站在便宜旅馆周围，到了早晨就都不见了。

然后我又搬进了厂房建筑区。厂房式住宅最适合音乐家和画家，因为厚墙隔音，空间大，建筑大多是早期曼哈顿建筑师的杰作。现在这种房子越来越少了。因为它不适合家庭，没有足够的卧室。曼哈顿厂房式住宅大部分在中城和下城，中国城、Tribeca、Soho、百老汇， 都是有名的厂房住宅区。

从三十街以上到中央公园以下大概都算中城吧。中城有火车站，有百老汇剧场，有长途汽车站，有红灯区（现在没了），有供出租的艺术家画室，有各种小剧场……是最嘈杂的地区，有很多爵士音乐家住在中城。后来红灯区被拆了，很多艺术家的画室也被拆了。四十二街的文化被迪斯尼商店取代，中城完全成了大商业区。我现在住的地方，是在中城，那儿都是大型厂房建筑，多数建筑是办公室和批发公司，只有少数的楼改建成住宅。走出我的住处，到处都是电脑商店和服装批发店。白天上班的人群如潮，到了晚上，几条街上都是寂静无声。邻居的那几家饭馆只有午饭快餐时人多，晚上真是萧条。街口的那家有名的黎巴嫩饭馆每星期五有中东音乐和肚皮舞表演，只有那一天热闹，其它时间都没生意，因为那儿不是住宅区。那些批发店的衣服，是世界上最难看之服装大聚会，每天路过它们可以想象出世界上各种最有人情味的场面，比如意大利的奶奶过生日，俄罗斯的大婶儿二婚。

住在中城不温情也不艺术兮兮，很有爵士音乐风格。你眼看着一堆堆来购物和上班的人群拥来挤去，像是 be‐bop（一种爵士乐流派）的音符和节奏。我们住宅门口的咖啡店是那种廉价的快餐店，里面黑乎乎的，没有作家的照片也没有艺术家光顾，来的都是附近打工的。但是店里的伙计对人非常友好，无论我进去还是路过，都是一片笑容。街上常停着大型的送货车，邮递员推着货物还是喜欢停下来跟你拉家常。如果没有这些寒暄，我们就像住在一个忙碌的机器城里，商店，汽车，商店。回到家里藏起来，朋友们还说在我房间里能感受到曼哈顿精神。我不知道那些精神是从哪儿钻进来的。因为我从来不拉开窗帘，一拉开窗帘眼睛就能直射进对面楼的办公室里去。

坐在 Barnes & Noble 书店里看书也是一乐（这是连锁书店，曼哈顿到处都有）。那儿提供了世界上最多最新的信息，你可以买了吃喝坐在那儿，大饱眼福，比图书馆好多了。图书馆要有借书证还不能在里面吃喝聊天，在 Barnes & Noble 看书，不用真买书，就可以在里面过起日子来：找上一大摞爱看的书，找张桌子，买足了吃喝，一天就在天南地北中过去。走出书店，街上已经灯火辉煌，算命的和做美容的都在黑暗中举起耀眼的招牌，就像自由女神和死神抢着挥手，刚刚在书店运动完的脑仁子，一见到生死的指路人就会犹豫起来，怕活得难看，死得突然。

我生病的时候，常常去中央公园散步。中央公园很大，有很多树，也有很多人。人和树的呼吸搅在一起，使人置身于此不得安宁。有天，我总算找到一个安静的地方可以抱着一棵树跟树交流一下健康状况，只听见有人唱着："我从你身后来了……"定睛一看，一个蓬头垢面的大黑汉正摇摇晃晃地冲我走来，吓得我弃树而逃。

上城西边——中央公园西大道、林肯中心、哥伦比亚大学……哎呦——主流文化。有一次应邀去看纽约芭蕾舞团的表演，除了领舞的可看，群舞跳得不知所云，可能是赶上了学员们实习，让我着实怀恋《红色娘子军》；又被朋友请去看歌剧，舞台背景像是迪斯尼的动画片，乐队一团乱糟，看得我直犯眼病，周围还一片欢呼"bravo"！似乎知道怎么喊"bravo"已经是看歌剧的一大享受，就和听摇滚音乐会在下面尖叫的快感一样。美国的古典文化教育是普及式的，什么都有但别挑剔，那些听众的热情不容旁人质疑，古典音乐家当然用不着去对比欧洲的演奏质量而反省。其实纽约的特点不是那些古典歌剧而是那些"噪音"，是百老汇，是爵士乐，是现代音乐和现代舞蹈，是分布在曼哈顿各处小剧场中的实验演出。一个城市，有万花筒般的艺术形式，能不能把《浮士德》唱好也就不太重要了。东边——麦迪逊大道自始至终散发着诱惑力：宠物商店、名牌专卖店、法国餐馆……像是到了欧洲城市一样，闻着好面包好咖啡的味儿，走路也比中城的人慢了一拍半，被太阳晒出来的人情味儿满街地挥发。再往上走，随着中央公园将尽，街道冷清起来，有时冷清得不敢左顾右盼。 再往上走，就快到了哈莱姆区。哈莱姆区聚集着各路绿林好汉，是爵士乐、hip-hop的发源地，到了晚上连出租车都不敢往那儿开。看来"人往高处走"不容易，还是出溜下去，到曼哈顿下城去吧。

格林威治村的下面，是Soho。Soho的下面，是中国城。周末，很多人去中国城，纽约的中国城非常好客，只要你能长五只眼睛，看着前面慢走的老太太，看着右边的商店，看着左边的车辆，看着脚下面跑的小孩，看着脚底的泥，就能享受中国城的天伦之乐。中国城里卖什么的都有，商店里面，商店外面，楼上楼下，都是在买卖，任何能变钱的东西这儿都卖，从风水到星座，从人到物。

一直往城下走，就到了海边。那儿新建了一片住宅区，完全没有纽约的痕迹。海水、公园、阳光，到处是家庭和孩子，一片健康太平景象，很像北京新建的那些豪华住宅区。那地区以前是海，后来用土填起来，变成城市，就像是用幻觉造出来的现实，那些楼房实际上都是一条条漂在海上的船。

几年前有人说曼哈顿将被海啸吞没。海啸没来，曼哈顿人已在"9·11"经历了一场人为的"天"塌。北京的朋友为曼哈顿人面对死亡的镇静所感动，其实这是曼哈顿人生活方式的结果。就算是不大死，曼哈顿的人每天都有小死。那些竞争、拼搏、自我完善、生命价值之类的追求多了，活着反而变成了第二位。有一次我去听一位爵士大师的音乐会，他从头到尾都在一个能使常人吐血的高音上吹。吹得天摇地动、撕心裂肺，台下人不停地欢呼。音乐会后，他的搭档说："这人真是不要命了，给不给钱他都是这么拿命吹。"这就是曼哈顿的精神。

在柏林买乐谱

上个月去柏林开会，抽空在街上走走，无意中走进一条小街，看见前面一个小门上有musik（德文：音乐）的字样，穿过冷风推门而入。这是一个非常小的音乐商店，看来是专卖不常见的乐谱和唱片。老板是个矮女人，见我笑着进门，不受感染，瞟了我一眼，脸色并不友好，眼光透着疑问：这是个什么傻逼日本游客？来这里买理查·克莱德曼的？商店里还有一名男客，正在向女老板解释他是从瑞典来的。女老板问我要什么音乐，我说先看看，她冷淡地转身进屋。周围各样的现代乐谱明信片马上引起我的购物热情。再看，四周都是罕见的现代音乐唱片。女老板终于走出屋子，为我打开抽屉，展示她收藏的现代音乐家乐谱。这里是约翰·凯之早年作的《水音乐》和《纸音乐》等等，八十五欧元只能买凯之的三页谱子。这种以视觉为重的现代乐谱，每张纸上没几个音符。老老老爷爷的农民意识突然遗传到我的大脑皮层：八十五欧元等于八十五美金，八十五美金可以买一本萧斯

塔柯维奇的交响乐总谱，可以买一部华格纳的歌剧总谱，没准也可以买一本新古典主义总谱，无论如何，都是满页的黑豆，够看好半天的。如同要决定是买一幅重彩还是白描，犹犹豫豫，来回翻看谱子，在屋子里转悠。无意中看到斯特豪森制作的印第安民间音乐录音——"世界音乐"概念就是从这些现代音乐大师们那儿来的——仅在这屋子里转悠了几分钟，就发现我们现在难得不做应声虫，还声称创新。女老板又给我看了几份现代音乐总谱，都属于那种花很多钱买很少音符的谱子。她看我抠门儿，就说有便宜的，拿出一份，只有二十欧元，我打开那谱子一看，还不如我写的谱子好玩儿，不要。突然想起曾经在香港与卖唐卡的人讨价还价，得过便宜，就开始跟那女人讨价还价起来。我说：我太爱凯之的谱子了！但是它太贵了！我看见它就爱不释手！但真是买不起！哎呀！它太有收藏价值了！真想买回去学习！但是……您能不能看在我对它这么热情的份儿上卖便宜点儿?!

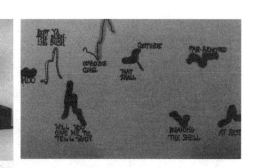

她如同受了侮辱，把谱子往抽屉里一放，关上抽屉，说，不还价！就是八十五欧元一份！这种谱子是稀有物品！本店特权！看来她并不着急要卖。我一想，算了，花八十五欧元买三张谱子，每张纸上有二十个音符，剩下的空白纸页供人想象，这种谱子我自己有的是。不如去买勋伯格的《摩西和阿让》总谱。问起勋伯格的乐谱，女老板说，我这里只卖近代的，早期现代音乐你去别的商店吧。她不耐烦地又进屋去了。那位男客什么都没选定买，开始打手机，似乎是一个女人在责问他，他一个劲儿地说，我挺好，放心吧，在音乐商店里……我看着斯特豪森的唱片介绍，无法逃避地听着一个男人不停地在向一个守在家里的怨妇汇报行踪，心里想，这男人真没劲，真惨，真松包。给了他一堆的贬义词后，买了两张斯特豪森的唱片，我出门走进快乐的冷风里。

穿过几条街就到了柏林最著名的 musik riedel 乐谱商店，这样的乐谱商店在纽约已经因为没生意而倒闭了，当然更不可能在中国找到这些乐谱。我曾经在一个美国乐谱网站上买乐谱，什么好谱子都没有，只有通俗歌曲或者是初级作曲者的作品，那些从古至今的乐谱经典都到哪儿去了呢？闹了半天是在柏林。书店里年轻的销售员非常精通业务，他熟知书店各书架上的谱子。我问有没有勋伯格的《摩西与阿让》，他说这样的谱子有版权保护，恐怕不会让你买。但他还是给出版社打了电话，然后告诉我，他为我订到了谱子。他告诉出版社我是为了学习用，而不是要演出用，于是出版社就同意以八十五欧元的价钱卖给我一份总谱。这部谱子是勋伯格一生最后的作品，是他和自己的灵魂史诗般的对话。但是和凯之一瞬间写出的三张谱子是一种价钱。

在 musik riedel 商店，我一下子从勋伯格买到萧斯塔柯维奇又买到俱乐部音乐的 drum & bass。这些谱子都是厚厚的大开本，有很多音符可看。我的感觉就像农民用钱换粮食，钱出去了，书包里挺沉的，值了。如果买凯之那类近代乐谱，就好似进了日本店，用几袋大米的钱买一小块用玫瑰叶装饰的小米糕。我常会为了那些被装置艺术家放在盘子里的红玫瑰花瓣与黑西瓜子而陶醉，也深受罗兰·巴特把日本包装艺术称赞为最高精神境界的理论之启发，日本的装饰文化，把"无中生有"的价格推到极致，由此推论凯之的复印乐谱，八成是因为他的音符沾了日本文化的仙气，也就因此而贵了。

对北京的只言片语

对北京的只言片语

北京的出租车司机是世界上最好的司机。他们不收小费，稍微绕远了路，就把账算在自己头上。开车后上了大路才打里程表，车还没真停下来，就把表停了。

坐在出租车里听广播。大部分司机是北京人，喜欢听相声。北京的老相声百听不厌，不仅逗笑还长学问。新相声轻浮的居多，不擅于引经据典。

长安街越来越宽大。怎么步行呢？去逛西单和王府井街口那些广场，是不是要被暴晒？

去颐和园的路上，要经过电子城之类的高楼大厦，没有了从前那种顺着林阴道等待见宫殿的神秘感。颐和园的门口乱糟糟的，人往车上塞卖春药的信息。

我记得小时候从缸瓦市骑车去钓鱼台公园有一种探险的感觉，因为要穿过很多胡同，钓鱼台公园里有很大的树林，到处是小路，自行车颠簸着去发现新的湖边。在国外曾做梦去钓鱼台，穿过树林竟看到一片海洋和冰川，还有海鸥。心里还奇怪怎么当年没发现这个地方？！可见钓鱼台公园给我留下了神秘感。但是现在钓鱼台公园也翻新了，以前那种荒芜的浪漫气息没了，现在小孩骑车，老人健身，游人划船，情人只能散步，没有秘密地方可以躲着风流了。

从西单到西四，只有到了缸瓦市还能认出一点儿从前的样子。西四的变化还不大，那个小牛奶黄油铺还在，卖最新鲜的零售黄油，比超市里的新西兰黄油香，据说是从新疆运来的。赶快去买，否则小铺快被拆了，再找不到商店里卖零售新鲜黄油的了。

登高处看西城的夜晚，一片漆黑，北京还是供电不足。登高看东边，处处灯光，是北京的一颗明珠。夜晚的灯光是城市的象征，东边有了现代城市的气派，住在东边跟住在国外差不多，但很多商店里卖的东西比国外商店的贵。

尤其是出国回来或者是外国人，住在城东边觉得日子和国外没有太多变化，不仅是可以吃各国饭，而且银行、邮局都方便，但没有住在北京的感觉。

住在西城、南城，尤其是二环以内，才是北京人的生活。在林阴道上散步，街坊邻居喜欢打招呼，祖辈喜欢住在一起，家庭是中心，百货商店里东西便宜朴实。

在南城的商店里听到人们议论说："咱们这儿穷，'非典'都不来。"果真，南城的人是"非典"时期中最幸福的，他们照样出去到小饭馆里吃涮羊肉。

南城有些小商店里卖些出口到苏格兰的衣服，有些老商场里卖的布还

是中苏友好时期的风格，加上林阴道茂密，弄得那地区倒像是欧洲小城的一角。不过就是突然闻到了街上公共厕所的味儿，又恍悟还是南城。

北京正在"国际化"，别说东西南北城的北京话区别已经不能辨认了，越来越多的人说话掺着外文，更是不讲究语言细节了。一个北京人叫猫，一个上海邻居过来管猫叫"pussy"（pussy在英文中是猫和阴道的同义词），北京人虽听着不得劲儿，但又不好用地方主义来和国际主义对抗。

北京话的魅力在于那些土话和口音。现在好的中小学校出来的北京学生仍是说好听的北京话——老北京腔加学生腔，但次学校出来的学生（尤其是女生）喜欢模仿港台口音。也许是宁可想象自己是阿芳阿

辉，也不愿面对自己的语言智商。（大学生来自四方，不能苛求口音了，只有中小学教育奠定人的语言根基。）

港台文化在北京更风行了，可能是北京人自认不如人家摩登。北京的小姑娘似乎更崇拜台湾男明星。最近闹"非典"，有几个商业团体发起了一个"中国精神"运动，免得北京人在家时间呆长了闷得慌。这个运动的主要行为就是放风筝。第一次放风筝的时候，还有中国的鼓队在打鼓助兴，来了好多记者和观众。突然有一个不知名的台湾小伙子站在台上，挡着打鼓的人，向观众招手致意，年轻的北京少女们都为他欢呼，记者们马上把鼓队和风筝的事都忘了，全冲着他去了。主办人后来才打听出他是一个台湾明星，最近寂寞了，借着北京人办抗"非典"的活动，来抢镜头的。后来又听说这个小明星，不仅惹北京小姑娘的爱戴，也惹北方老女人的爱戴。有些高胖的老女人喜欢在

家收藏台湾小男生的照片，不知何心态。

早就听一个台湾女人说台湾男人比大陆男人"时髦"。不过我想，北京女人要想被台湾男人爱上的先决条件必须是要变瘦小，否则会一屁股把台湾风流少年坐死。因为北京女人向来是比南方男人高大的——不高也粗。但是现在的北京小姑娘们突然都变得像港台女人那么瘦小了，不知是小时缺了什么营养还是吃了什么药，还是急于要符合港台小明星的配偶尺寸？

北京的小姑娘到了夏天真好看。记得在英国时，年轻男人们开玩笑说，就怕到夏天，因为怕英国姑娘到了夏天穿少了，露出胖身体，对于旁观者来说如同受刑。但是观赏北京姑娘，连我都有快感，个个是窈窕淑女。

北京的老外越来越多，大部分老外说中文，这在香港和台湾少见，可见北京是国际化城市而不是殖民地城市。北京人说话喜欢以自己为主题，更不喜欢凑合外国人，北京人一张嘴说话，又快又声高，都有单口相声才能。所以老外们发奋学中文，更惯了北京人自顾自的毛病。

北京人爱聚会，每天晚上都是各种不同的饭局。一个饭桌子上要是有那么几个能说的，这饭就永远吃不完了。饭好吃，朋友投机，说来劲了，腿一翘，大呼小叫，口若悬河，没有把门的。笑话走到哪儿都受欢迎，直言的说人闲话也不犯忌讳——尤其对谁看着都不顺眼的人。如果不是因为"非典"，这种饭局天天晚上都有。

如果不是"非典"，全世界喜欢扎堆的人都渐渐要搬进北京了，因为在北京闲不着。

"非典"时期，不出门不看人，但是对好朋友和家里人例外。朋友之间说，要得"非典"一块儿得。说完就照旧聚会，否则生不如死似的。北京人的义气就建立在不分你我的"一块堆儿"上。

我在伊斯坦布尔时，曾问土耳其的导演和教授们，为什么宁可回土耳其拿低工资用低成本做事，而不留在国外挣钱赚名？他们回答说，听穆斯林庙里每天发出那五遍钟声和祈祷声，比什么都重要，只要听到了那声音，就有了一生的安全感。北京城虽然没有钟声，还被新建得面目全非，但只要有北京人在，就有安全感。

《觉》剧组说北京

《觉》剧组说北京

在北京生活了十二年，从不喜欢到喜欢，最重要的是因为有了家后才觉得北京是家。无论工作还是生活，北京是最值得的生活方式。对自然有感触的舞蹈回到贵州，在家乡，飞机一落地，脚一踩地感觉就来了。农家、茅舍、大山……贵州给我的是自然的灵气，而北京给我的不是自然的舞台，是国际化的舞台。在贵州是天人合一，单纯。在北京你不敢不做，不敢不学，不敢不进步。北京的生活是淘汰制的生活状态，对人的挑剔是高于纯朴的包容。北京只能是精英生存。你也可以说是过日子，但过日子和生活是两回事，因为它的质量不同。我选择北京是需要它给我学习的压力，融于自然是容易的，但是融于自然是放弃和妥协。我在贵州的时候是熟柿子，到了北京是青柿子。我喜欢永远保持青柿子的状态，因为象征着年轻。

——高艳津子（舞者）

我认识津子是通过合作音乐舞剧

《觉》。叫音乐舞剧，是因为舞者和乐队同台演出，如同舞剧和音乐会同时进行。津子个子瘦小，不说舞蹈时寡言，一说起舞蹈，就令人想到"手舞足蹈""口若悬河""忘乎所以"之类的词，典型的为艺术发电献身之人。这个舞剧说的是她和她母亲之间的矛盾。母女俩在创作和排练的过程中重演她们一生的争执。她们有同样长到脚跟的黑发，同样以舞为生命最高价值，但母亲在跳舞的时候脸上永远浮动着幸福和浪漫的革命微笑，动作优美亢奋，如同六十年代革命宣传画中的美女走出了画面；而娇小玲珑的女儿对所有动作的处理都充满神经质，更在意于表现内心挣扎和困惑，扭曲的动作遍布全身细节乃至头发和指尖。于是母亲常质问：为什么你的动作要那么丑？像个鬼？

我1986年来北京学习，后来回到贵州。我这人就是太热情了，把热情都献给了工农兵，赤脚给农民排练，结果把自己的业务都给忘了。一辈子再怎么艰苦都没脱离舞蹈，最后有了孙子才有两年没跳。正在我不想跳舞的时候，这件事来了（指我们这个音乐舞剧），是天上掉馅饼了（因为是受德国 In Transit 现代舞蹈节邀请），我又开始跳舞、练功了（我听津子说，她妈妈每天踢一千次腿）。以前我们跳舞没有忧愁，都是高高兴兴地跳（得，这又是母女俩争执的话题，这个舞剧中那些现代人的扭曲动作和痛苦表情显然使罗丽丽非常困惑）。

——罗丽丽（津子的母亲，贵州舞蹈协会副主席，一级舞蹈编导）

我想多问问罗丽丽关于对北京的感想，但是她一张嘴就说舞蹈，说到她在少数民族部落里如何给上千的农民编导和排练图腾舞。这回忆显然比评说北京要激动人心。看来她比女儿更疯狂，只要能跳舞,管它在哪儿跳，跳什么！

和两位舞蹈者相比，我们乐队的人要理性多了。杨靖和张仰盛二位演奏家如同身经百战的老枪手，一举手，音符百发百中。

北京的大师最多。我选择来北京上学，是因为我最崇拜的刘德海先生在北京。我十二岁就离开武汉了，1982年考上中国音乐学院。留校后当老师，但不断演出，把舞台经验总结到教学上，对音乐艺术形成自己的见解。北京对自己的专业最有帮助，氛围好，琵琶的前辈都在北京……

——杨靖（中国音乐学院琵琶副教授）

我是山东人，来北京十五年了，要做事就要在北京，其它的地方氛围不够，但生活还是别的地方舒服。我每天练基本功，自己也做midi，写音乐，最近我改编了《舟山锣鼓》，不用鼓全用锣，下部队演出时我也演唱，就是那种世界音乐的唱法（说着他就唱起来，还申请在演出时唱，我忙作揖止住）。最近接了一部电视剧，我在里面有个很重要的角色——匪兵甲！从头到尾四十集里都有我！

——张仰盛（总政歌舞团打击乐手）

看来我们这个小剧组里，我是唯一可以对北京感到麻木的人。我是老北京，不是青柿子，每天早上起来掰着手指头算计北京怎么得罪我了。比如说，北京怎么能算国际化的城市呢？今天我去一家超市买卫生用品，在陈列浴盐的货柜前接了一个电话，一个老外（一般说老外都是指白人）冲货柜走过来，对我不礼貌地一摇手，"哼"了一声，意即：让开！我没多想，在英国受到的客套训练条件反射似地弹出来：sorry（对不起）！我让到一边。但马上反应过来：不对呀，如果这个情况是在国外，对方应该先说：excuse me（对不起），然后我说sorry，然后我让开，他过去。而这位什么都没说，只是一摇手，我就sorry了。他那粗鲁，像是北京爷们儿，我那sorry，倒更是进口客套。再一想，这要是在纽约，丫挺的敢这么对一个女士无礼吗？不敢。为什么在这儿敢呢？是不是觉得这儿跟菲律宾、泰国、新加坡差不多？还是想模仿北京爷们儿？我越想越生气，所有民族情绪都来了，联想到这诺大古老京城，居然是大批老外放弃传统客套的乐园，岂不成了殖民地么？于是掰着指头算，有什么传统骂人话可以解我心头之气。但想着想着，突然大悟：那老外不会说中国话，他也不知道我能说sorry，他不冲我摇手怎么办呢？

给自己一个狂热夜晚

给自己一个狂热夜晚

今夜怎么度过？白天装了一天孙子，晚上总得找个地方当回大爷。出去喝酒吃饭泡咖啡馆？那都是上了年纪的人干的。你才二十多岁，刚找到工作，并不喜欢在晚上应酬饭局，又有一身的劲儿没地儿使。健身？枯燥。做爱？就算是你有了恋人，两个人天天在家里闷着，干什么都会变得无滋无味儿。年轻人的爱情需要幻觉，需要颜色。如果你还是单身的话，别老在家玩电脑，时间长了会阳痿。出门去，到一个舞蹈俱乐部，买上一张票。 进去，节奏震动着墙壁，各色灯光笼罩过来，你现在置身于音乐与人群之中，渐渐地，音乐与你的身体连接起来，你忘了白天的现实生活，忘了工作给你带来的烦恼，如果你有情人在身边，他（她）会更加光彩；如果你只有自己，今夜就异常的放松，你会享受属于自己的极大自由和空间。自由放松，就是大爷。这就是舞蹈音乐（dance music）和俱乐部（club）的功能。

俱乐部文化已经是一种席卷全球的文化。在香港，它被译为"次文

化"。听起来就带着贬义，弄得一些保守又好奇的知识分子就是不敢进俱乐部，因为怕沾上一个"次"字。"次"除了是二等，还有"劣"的意思，沾上"次文化"的边，好像成了残品。俱乐部文化曾被认为是支流文化（subculture），但是支流文化的本身意义不是"次"而是新潮审美的意义，俱乐部文化的起源也是以反主流而产生的。无论被称为支流文化还是反主流文化，都是对俱乐部文化的最大承认，而它的划时代的新潮（hip）审美已是不置可否。可香港的"次文化"之译名带着陈腐狭隘的偏见，是含糊不清的双关语，一下子就把俱乐部文化的历史意义给全抹了。

你现在是在俱乐部里。看看周围的人，他们的穿戴有点儿特别，不像在街上走的人。"俱乐部文化是审美文化"（引自Sarah Thornton《俱乐部文化》）。由于社会审美趣味的迅速发展，俱乐部代

表了人们对潮流的选择。今夜这个俱乐部如果都是来跳乡村舞的，他们肯定都是穿着长裙牛仔裤；但如果这个俱乐部是个 house 音乐俱乐部，今天晚上来的人都必须要装酷。所以在你进俱乐部之前，最好先调查一下这个俱乐部是属于什么类型的。（尤其是在欧洲国家和纽约。北京和香港似乎不会在审美上太严格，尤其是被称为"次文化"后，我在电影里看到的北京俱乐部多是妓女和款爷，如此这般，成员是绝不会在舞蹈音乐趣味上有挑剔的。）柏林的一位俱乐部看门人说，来跳迪斯科舞的人装扮夸张，性感如妓女。但这并不等于必得真是妓女，只是说明来俱乐部的人必是新潮，到此来显示的是他们在音乐和服装上的异趣。

你跟着音乐节奏走到 DJ 面前，发现音乐不是从光碟中发出来，而是 DJ——一个小伙子在无数个已经做好的唱片上摸来摸去，蹭来蹭

去，换来换去，使唱片发出奇异的声音效果。人群跟着那不变的节奏狂舞，DJ跟着人群的扭动而改变着音乐的气氛。他是在拿已经制作好的音乐在俱乐部里当场"再"制作。他是音乐家，只不过他演奏的不是乐器而是唱片。他的观众是那些舞者，舞者们的情绪感染着他，他做出来的DJ音乐感染着舞者，他与舞者互相感染，共同创造着别出心裁的气氛。DJ音乐是新潮与古董的对置而产生的，因为它的原材料是已经做好的成品音乐。DJ可不是音乐播放师，他是当代俱乐部中的英雄，是创造现场音乐的天才。

现在你跟着音乐摇摇摆摆，用不着像跳交际舞似的追求舞步的正确，用不着担心踩了舞伴的脚，或者是动作欠形体训练。你只是跟着嘭嘭嘭嘭的节奏晃动，两手自由伸展，节奏快得似乎在加强身体运动的同时抹去了生命的意义。你在享受音乐、灯光和没有原因的欢乐，你扭动不停，周围全是幻觉，音乐为你带上一层面具，你藏在音乐背后，让人们看到的是一个夸张的你，你也看到的是夸张的他们，又好像是气功，不到精疲力尽不要停下来。灵魂和身体在音乐中夸张和消失。

但这音乐是什么音乐？你怎么判断你听到的音乐？怎么判断你所在的俱乐部是什么样的审美？怎么判断你自己对俱乐部音乐的选择？它们为什么没有什么旋律？谁是它们的作者？自从有了DJ，俱乐部音乐文化才有了真正的发展，俱乐部音乐不是由作曲家创作的，而是由唱片制作人和录音棚虫及当场献艺的DJ制作的。如今俱乐部音乐已经从支流文化进入了主流文化，DJ们从俱乐部英雄已经渐渐地变成了舞台音乐家。在纽约的音乐家们，现在很愿意和DJ音乐家在舞台上合作。DJ音质的机械性与音乐家现场演出的乐器音色形成质的对照。

但这都是后话。你现在还泡在俱乐部中琢磨音乐种类？还没明白为什么你今晚的衣服穿错了，闹得别人拿眼瞟你（我这比方可能在北京无用，但万一你是在欧洲呢）？不懂得音乐种类，你还是当不了大爷。我们马上就会给你介绍俱乐部新潮音乐的种类……

不行，因为篇幅的关系，你先慢慢地扭着吧。

从迪斯科跳到 house，techno

从迪斯科跳到house，techno

你已经开始跟着迪斯科的节奏手舞足蹈了，但越听迪斯科越觉得不酷。你不喜欢迪斯科中那些快乐的人声演唱，那音乐由于商业化的缘故，像是花花绿绿的啦啦队载歌载舞。你也不要穿那些闪光发亮的舞蹈装，五彩缤纷，像Cher（著名迪斯科歌星和演员）似的生怕别人看不见。你进舞厅是要放松，要出汗，让浑身发热，但在出汗的同时不至于把审美观也挥发掉。你喜欢穿黑色，或不修边幅，喜欢彻底的放松不装丫挺的。你希望音乐更加疯狂，希望音乐可以帮你摆脱人性中的可怜悲欢，给予你无穷的想象力。你走出迪斯科舞厅，去一个放house，techno音乐的舞厅。在那儿，低音更加沉重，音乐更加器乐化，偶尔出现的人声，也是或隐或现，有时那人声已经由于机器制作的缘故，变成了天外之声。"嘿，这（声音）真让人发电，哥们儿。这情绪太棒了，哥们儿。把它放出来。这他妈是什么？" house 音乐 *Acid Tracks* 制作人 Marshall Jefferson 就是这么形容他的音乐，它的全部意义是在幻觉中享受声音和节奏。舞厅中的人群更加放松地舞

蹈，与其说是舞，不如就说是动，怎么动都行，而不像迪斯科那样人人想当"周末狂欢"的主角。沉重的低音和反复重复的器乐化动机，使人在兴奋中下沉。DJ一会儿放一段house，一会儿放一段techno，一会儿又是hip-hop。你跟着DJ和唱片的想象力在宇宙中沉浮。你是在天堂里了，但眼前可能看起来像是地狱——所有的人都是眼圈发黑，穿着黑衣服。突然一个人大叫着跳进了俱乐部中央的水池，紧接着，一群人都跳了进去。然后他们湿漉漉地上来了，继续跟着音乐颤抖，摇晃，舞蹈……女人脸上的化妆品随着水和汗珠往下掉色，白脸上一条条的蓝黑色印记，一道灯光跟着音乐中的电声划过，电声像刀子般锋利。house音乐是从迪斯科演化出来的一场革命，它把迪斯科中的人性去掉，更加机械化，音乐更加面具式。它可以说是欧洲现代文明在舞蹈音乐中的显现——摆脱人性论。你在house音乐中听到的是比迪斯科更快的节奏和更重的低音，是片刻的音乐动机反复出现，而到了techno，电声制作更加到了顶峰，所有的音乐都像是从外星来的，你跟着它就走了，离开人间。

舞蹈音乐在西方变化之快，每三个月就有新花样。我在英国时参加过制作house音乐，总制作人要调查音乐节奏是不是在上星期出现过。这种标新立异的创作方式使西方的音乐发展如同时装发展一样快，并且音乐文化与其它文化齐进，成了一种连锁关系，比如舞蹈音乐带来了时装文化，媒体影响着音乐的流派，美术又启发着音乐结构和音响等等。自从有了DJ文化，音乐就再不仅是属于演奏家和作曲家的，而属于任何对声音有想象力的人，不用依赖乐器和古典音乐教育就可以实现自己对声音的梦想。DJ音乐和舞蹈音乐是当今音乐和文化中非常重要的文明，是现代人类的新文明体现。别以为你欣赏DJ就是没脑子，别以为喜欢舞蹈音乐的人都没文化。而是正相反。有一些面孔和声音会对这种现代文明不屑，自以为这些节奏不"专业"不"文明"。我告诉你，那些面孔是可怜的，在你享受过节奏的快感后，应该同情那些严肃而无生命的面孔。

有些人说迪斯科是黑人音乐进入白人文化的体现，而house，techno 是白人用自己的观念演绎黑人音乐的结果；有人说techno是从英国和欧洲来的；又有人说是从美国底特律来的，最后无法分辨。因为 house 和 techno 的产生，实际上使音乐的地域性消失了。没有了地域性的乐器和人声，没有了地域性的音乐发展手法，所有的声音都是机器制作，这似乎是音乐全球化的开始。无论这是好是坏，全世界的年轻人都喜爱这些音乐。

下次我们又要跳到别处去了，趁现在还没跳远，列出一些迪斯科与house，techno 音乐家的名字。列出这些名字不是因为他们是最好的，而是给你一个查找的方法。有人喜欢被误导。这些名字不证明我的判断力，我听音乐更重视音乐本身，而不是名字。这些名字不过是书中记载，我信手拈来，也许随着

他们，你倒找出了别的名字。如果是我的话，就到www.mp3.com
上面去下载一些不要钱的舞蹈音乐，听那些没出名的好音乐，也可
以跳得很快乐。

Disco
ABBA. Cher. Jackson 5. Michael Jackson. Grace Jones. Odyssey. Diana
Ross. Donna Summer. The O'Jays. The Bee Gees. Peter Brown. Chic. Linda
Clifford. Carl Douglas. GQ……

House
Marshall Jefferson. Adeva. Bang the party. Derrick Carter. Larry Heard.
Ultra Nate. Michael Watford. Andrew Weatherall……

Techno
 Kraftwerk. Bjork. Daft Punk. Everything but the girl. Foxx John. Atkins,
Juan. May,Derrick. Sounderson,Kevin. Coldcut. 808 state……

当代有太多英雄，篇幅有限，我放过了很多好名字，由你来补充。

"非典"时期的音乐情调供参考

"非典"时期的音乐情调供参考

"非典"时期大家都不出门，也没有音乐会去听。喜欢音乐的人上网去买CD，这里是为配合您"非典"时期生活方式而购买外国音乐的一些建议。

>>为单身人

想把自己长期抑郁的心情放宽敞，以一个明朗坦白的声音来开始新的一天，就在早晨起来听 Aretha Franklin，她是灵歌皇后，可以把你生活中的黑暗幽灵赶走。

要不就以 Bob Marley 开始你的一天。他是牙买加人，黑皮肤，长黑卷发，有一脸宽容的微笑。对男人说，他的歌声给你希望和阳光，但是没有讨好的歌颂，有见解但不做作。对于女人来说，他的歌声温情而不煽情，性感而不做作。他是 reggae 音乐之王。尤其对于经历过生活挣扎的人来说，听他的音乐好似从大海里爬上一个阳光温暖、沙滩柔软的小岛，有神明在你头上照耀，有 Marley 用歌声宽恕

你所有的疏忽。这是一种你永远
不会放弃的音乐。

Aziza Mustafa Zadeh 的音乐适合
美女诗人作家或任何有艺术情结
的人听，她长得漂亮又聪明，有东
欧血统，长及腰间的黑发掩盖着
眉眼清晰的苍白面容。那种出奇
的美丽中有种专横跋扈的气质，
也许源于自知聪慧过人。她父母
都是艺术家，有古典音乐的训练
背景，音乐由自己作曲、演奏钢琴
和演唱。音乐结合了爵士、古典音
乐及有东欧民歌色彩的音乐，变
化多端如同聪明女人的情绪，你
还来不及跟上她的曲调她早已换
了节奏和旋律。刚跟着她的情绪
想念你的情人，并觉得情人跟着
音乐也光彩起来，接着抒情联想，
突然她的音乐飞快地即兴起来，
情人的形象跟着音乐即刻消失，
那飞快的即兴和训练有素的演奏
和演唱，使你只好想事业。最后你
连事业也想不下去了，完全找不
到自己了，她的声音垄断和占有
了你的全部空间，你只好专心听
她，为她叫好。

还是进厨房给自己做一顿好饭吧。做饭的过程漫长枯燥，听 Cecil Taylor 的钢琴曲，他灵活的即兴演奏或许给你带来灵感。他的演奏给你提供了琳琅满目的想象，但是并没有强迫性，你不用随时为他鞠躬，只是听着他的演奏想你手里的事。突然，你会发现，白菜和苹果一起炒了，薄荷和豆腐一起拌了，你的想象力如同爵士音乐家一样开始自由驰骋。

晚上，拉上窗帘，点上蜡烛，澡盆里放好热水，这时最好听 Billie Holiday，她那低沉忧郁的歌声使你全身放松，即使外面到处是"非典"恐慌，你还是可以为自己倒上一杯葡萄酒，躺在澡盆里听 Holiday 低沉地诉说那些简单动人的情感。她的音乐忧郁和颓废，但是并不阴暗悲观。她并不在歌声中诉苦，而是温柔地祈祷。在她的歌声中，一件破旧的衣服也变得性感。

躺在床上，在床头昏暗的台灯光下，你放上一曲土耳其歌手 Atto Tuncboyaciyan 的音乐。让他在你耳边表达中东骑士忧郁浪漫丰富优美的爱情和宗教情怀，把你带到伊斯坦布耳的海边和神圣的司庙宫殿里，把你带到风沙掩盖的中东古老的文明中。你的脑子跟着他开始漫游，也许你上世就是一个中东人也没准儿，否则为什么这些音乐可以深及你的灵魂？听你不懂的语言，使你的想象力走得更远，闭上眼你就是在沙漠里，有安拉在保护你这个天生能歌善舞的种族。

>>为感情破裂的中年人

你一直活在那种浪漫怀旧的情绪里，但是俄罗斯的歌曲真是听腻了，眼下那些流行音乐又不合胃口。听Fado吧，你在那里可以再重新找到你熟悉的节奏和声和优美悲伤的小调旋律。Fado 是葡萄牙的城市民歌，流行于大学生之中。你在那里能听到熟悉的吉它、手风琴、小乐队的伴奏，熟悉的和声转换和旋律变调。你随着这新发现的音乐，又找回到你的青年时代和那种为了海水退潮夕阳西下而发的悲哀。你又回到"文革"年代，在田野小路上唱民歌，在北海公园的湖里划船，在船上拉手风琴，和情人一起想象未来。但是现在你们不仅是老夫妻，还都总在为现实争吵，或许你们早就离婚了，只有感叹时光流逝。你开着车在高速公路上奔驰，希望找回青春。摇滚不属于你，流行音乐太简单，古典音乐太累。听Fado吧，通过一条新的途径回到青年时代的口味，再重新看你的周围。

Fado 歌手：Arnalia Rodrigues（女），Fernando Machado（男）。

>>为不甘于小资情调的情人们

听 Junior Wells。他是芝加哥派蓝调鼻祖。听他赤裸裸地表达爱情
和性欲，你会觉得他是在为你出示了新的爱情之法。你用不着拐弯抹
角地跟对方讲文学、讲爱情理念、讲身世、讲前途，以引起对方的情
欲，你就可以直接地对情人喊出：我要跟你做爱，哎呦哎呦，否则我
不回家！

>>为老夫老妻增加情趣

一起收拾屋子，听 Etta James 唱
A Sunday Kind ot Love（星期天
式的爱情）。星期天式的爱情就是
这种平静温情、两人日夜厮守、安
然甜蜜的关系。一起做饭，老婆想
借机发发牢骚，丈夫赶紧放上
Sonny Boy Williamson 的 CD，这
样可以跟着音乐扭着小步子给老婆
打杂拍马屁，踩着点儿跟老婆调
情：停止哭泣（*Stop Crying*），
我发誓（*I Cross My Heart*），为
你发疯，宝贝（*Crazy About
You, Baby*）。

老婆喜欢吃饭的时候要有情趣，铺
上桌布，摆上鲜花，点上蜡烛。面
对你的老婆和这么一套吃饭的仪
式，听流行的爱情歌曲太没幽默感
和情趣，你们如果不属于听严肃音
乐的那类人，最好听 Bessie Smith。
她的音乐一般是从老唱片上转录
的，一听就来了二十世纪初的那种
黑白电影和老式手摇唱机的情趣。
在你们时髦的餐桌前放这种老音
乐，有一种特殊的幽默和温暖情
调。

吃完饭，老婆还想用自己的情调与丈夫挑战，于是去翻出所有平时没机会穿的衣服，开始了时装表演。她听着 Ella Fitzgerald 的音乐可以轮起大腿，向丈夫显示他久已忘却的老婆魅力。Fitzgerald 的音乐有很强的早期爵士歌曲风格，这些歌曲曾流传于全世界，并是百老汇音乐的精品。 她的音乐伴奏是典型的爵士乐队而不是煽情的管弦乐队。这种活跃又含蓄的音乐，真是最适合两口子有个轻松又有格调的夜晚。

既然老婆制造了这么有情趣的夜晚，丈夫这时要是放猫王音乐那就露怯了。在这时丈夫最能显示情调的就是放上 Carlos Gardel 的音乐，然后请老婆跳探戈。Carlos Gardel 是阿根廷的歌王，年轻早亡，给他的歌迷留下了年轻风雅的形象。

现在这对夫妇已经听了一晚上的美国黑人音乐，就差一个不同种族音乐的点缀就可以完满结束了。Gardel 的歌声有南美洲的浪漫热情，温文尔雅，有歌剧气势又不似歌剧中男歌手那么高昂亢奋的热情。他会把你带回到二十世纪三四十年代那种绅士风范中去，那时的男人会跪在女人窗下唱小夜曲，那时的女人穿吊袜带和高跟鞋。听着音乐，现在我们这个丈夫只需把老婆的手举起，把老婆的腰把住就行了，至于这探戈怎么跳法真是没有什么关系。我们已经在二十一世纪了，跟着音乐扭吧，反正没人看见，只为了跟着好音乐消食。

>>为小家庭聚会

虽然"非典"把人们吓得不敢有大型聚会了，但是和好朋友在一起，偶尔有个小晚餐聚会，说些生活小事或回忆童年，真是"非典"时期的快乐事。如果喜欢有音乐点缀，就放上些美妙的非洲音乐，把谈话气氛送到阳光充足的异乡去，求那儿的诸神保护。非洲歌手的温柔歌喉和那些性感的旋律，及他们用声音伸缩勾人的演唱，使谈话的情绪罩上了一层光彩。那些重复说过的无聊小事在节奏下好像又有了什么特殊意义。那些异乡异国的丰富陌生节奏，那些喃喃细语或高声吟唱，进入了你的生活。随着这些音乐，那些非洲灵魂也都进入到你的生活里来了。

这儿有几个歌手的名字可以去查找：
——Youssou n'dour 圣尼哥人，曾被英国巨星皮特·盖伯瑞隆重推出，成为最代表非洲的著名歌星。他的声音阳刚而温柔，有种抗拒不了的质朴性感，是欧洲男歌星绝对不具备的。他好像是原始森林里

走出来的爱神，你要是一个女的，听了几句，就得禁不住哼哼，说我要这个男人。

—— Angelique Kidjo 是 Benin 最受欢迎的女歌星。她现在还没有被西方主流注意。但是听她的歌，母亲会变得单纯，身边的小孩儿也会止不住要起舞。

—— Casaria Evora 生于一个很小的非洲小岛，一直是那里的歌手，后来移居到法国，在中年之后才被法国音乐界发现她的天赋。她的歌声让人开朗和自信，最适合上了岁数的人听，女人会感觉在中年之后还能保持光辉和魅力，男人会感觉守着老妻过日子的前程并不暗淡，老年可以这么快乐和充满友情。无论岁月和外表都不会磨灭一个人的光辉。

非洲歌星巨多，遍布欧洲和美国。你如果在网上查世界音乐（World Music）一项，就能发现榜上有名的大多是非洲歌手。

>>最后为文雅人士

你们不喜欢流行音乐，也看不上爵士音乐，也不觉得世界音乐有什么学问。但在"非典"时期，听古典浪漫主义的音乐似乎有点儿沉重，听现代音乐似乎更是觉得加重脑力负担——减弱抵抗力。大家都在家呆着，老婆孩子们也不想让家里整天响着难懂的音调。怎么办？有个主意：现在大家不是都在吃素吗？在吃素的时候，最好是听早期音乐，比如 Baroque 音乐。这既使你雅上加雅，又让家里的俗人们耳朵清净。如果说音乐是接近神的唯一语言，那么早期音乐是离上帝最近的，听一曲巴赫等于是和上帝握了一回手。Baroque 时期有很多作曲家和作品，现在在德国、意大利、英国、荷兰和其它许多国家有很多 Baroque 乐队，可以上网查到很多有关资料。你不如趁着"非典"时期，给自己弄一个 Baroque 音乐收藏。当然随之而来的生活方式也必须是：用木头筷子，用纯瓷碗或木碗，穿纯丝或棉衣服，不能有橡胶鞋底，不能穿混纺内裤，别用电脑，别用电话，别看电视，当然不能上网，最好不用 CD 听音乐，最最好是用老唱机听老唱片，当然最最最好是自己演奏。

服装

—— 文化和信念

服 装 —— 文 化 和 信 念

我在生病的时候喜欢胡思乱想。本来我在想过去思维上的误区，结果想来想去，竟在眼前看到一些裙边裤脚！再仔细想下去，发现过去很多精神误区是因为不懂得物质！我们这一代是在只重精神不重物质的教育中长大的，当物质世界向我们席卷而来，我们试图抗拒，不易；试图完全顺从，也不易。稍稍觉悟后，点破了自己是城市农民这个事实后，又觉得半生瞎掰了。英国神秘主义大师克饶利把物质与神秘符号及数学、星相学都联系起来，写出天才论著《777》，于是颜色和物质有了更神秘的寓意。任何对磁场有感悟的人都可以感觉到人和磁场对自身的影响，而艺术家更应是遍及各处，有无物不能转化为艺术而借以接触神灵的功夫。精神大不可及，而物质的真正大不可及是有证可查的。我们虚用精神比宇宙，其实物质就是宇宙本身。如果仔细体验各种物质和各种物质生活所造成的磁场，就不难发现精神其实被物质磁场所影响，然后又影响了物质的转化。现如今，我们都会想这个最大众化的问题：是精神影响服装还是服装影响精神？

我到现在也没把各种时装名牌背下来，但却有了一个很长的"时髦"历史。上幼儿园的时候，仗着我阿姨是服装制作天才，每天我都有新裙子穿。可能是因为她那时喜欢淘减价衣服，就捎带着淘回来一些减价布头。找到大的，我得连衣裙；找到小的，我得半身裙；找到一堆边角料，就拼贴得跟嬉皮士似的。我最喜欢那些拼贴裙，透明的纱和不透明的绸子混在一起，身体在下面若隐若现，好似迷宫或连环画儿。妈妈那时并不反对打扮我，因为我人小，怎么打扮也不会有意识形态的扭曲，所以我得以在幼儿园每天在操场上跟小朋友们比裙子。还用妈妈给我的口红涂脸蛋儿。但一上小学，"生活方式"就受到了妈妈的控制，她说女孩子最浪费时间的事是照镜子看自己。

那时候，我的房间里没有一面镜子。大部分时间是穿校服，如果妈妈给我买衣服，也是一下子买几条一模一样的裤子，全是深蓝色。袜子也是一样的，似乎为了再不用想服装搭配，学习时精力集中——当然这对我没什么大作用，我的精力即使不用在裙子上也会从课堂上转移出去。但至少那种教育使我如今对简约主义不陌生。

校服还是挡不住家长们对孩子包装的欲望，一旦有机会不用穿校服，有些女孩子们就穿得跟动画片似的来上学。我那时在妈妈的魔力之下，完全对装扮外表无知，给我什么穿什么，从来不知道自己的样子。"文革"时，姐姐哥哥当红卫兵，讨论红卫兵服装时，才启发了我去妈妈卧室里偷照镜子，看看自己有没有红卫兵风度。每天去看，看久了，就出了红卫兵风度。但是我既没当上"8·18"，也没当过西纠、联动，而当时只有这几类红卫兵讲究过红卫兵时装。比如宽大的红丝绸袖章、黑刺绣、将校靴、柞蚕丝、将校呢军装之类。我那点儿红卫兵时装知识是从哥哥和他的朋友们那儿来的。抛开早期红卫兵在政治举动上的荒谬不谈，他们那时的装束的确曾是一种时尚。女孩子剃秃头在欧洲八十年代才有，而在中国六十年代的老红卫兵中早出现过。当时北京的红卫兵并不像外国电影中描写的那样，一大群难看的乡下学生，五短身材，眨巴着小眼儿，带着红袖章，举着毛主席语录，喊着"打倒……"，在镜头面前走过。我对早期老红卫兵的印象是"时髦"（我姐姐哥哥刚赶上两天那种时髦，我的父母就被揪斗了，于是哥哥马上加入了破落户子弟的"时尚"）。早期红卫兵的时尚属于少数的特权阶层子女，大多数人都没赶上，但是很快的，全民皆是红卫兵了，是个人就有大袖章，于是就有了中外电影中那些红卫兵的形象——带着袖章的民工。等到了满街都是大红袖章的时候，红卫兵的时髦意义就消失了，随之而来的是破落户时尚。

二十世纪六十年代末北京出现了一大批的破落户青少年。他们包括父母被赶下台的高干子女和父母被揪斗的高知子女以及所有在"文革"时被判为地富反坏右牛鬼蛇神的子女等等。一种反叛的情绪在青少年中蔓延，随着这种情绪，一种新的时髦服装流行起来：旧衣服。比如一身旧蓝制服——如果穿皮夹克也不能穿在外面，要穿在旧蓝制服里面，只让人从旧蓝制服敞开的领口下面能看见那件皮夹克，决不能显山露水，否则就成了暴发户形象，而暴发户在当时的北京是众人皆恨的。那时的北京人被政治搞得家破人亡，于是年轻人拾起了最优雅的含蓄时髦：旧式列宁装，旧式毛料中山装，旧式皮大衣（五十年代以前的风格），旧式呢大衣，旧式连衣裙（中苏友好时期的），旧式皮帽子等等，总之只要是旧的就好，包括懒汉鞋、老头鞋或三节头皮鞋的时髦也是由于它们的简单和古老的形状。从这些旧货的气氛中你能感到一种对"文革"前文化生活的怀旧，对军队式教育的厌恶，对红卫兵暴力时髦的否定。虽然穿旧军装仍旧有过时的气派，但由于北京的破落子弟队伍逐渐庞大（越来越多的人受"文革"打击），和年轻人对现状的反叛情绪上升，军装开始变成了"在朝当政"和"没文化"的象征。从七十年代初开始，北京的地下文化生活逐渐形成了一种气候，这在很多书中已有介绍。由于地下诗人、画家、摄影家等等兴起，北京时髦青年的服装开始受到外来文化影响，而不是只在父母衣柜中给自己找形象了。知道了国外的嬉皮运动，有人开始自己做喇叭裤、花衣裳，披着长发弹着吉它到处周游。自行车的车座本来是以高为时髦——六十年代末中学生把自行车的车座拔得很高，以显示运动型和高个子学生优越感，腿长，并要骑出越野的姿态。（真是只有北京才会有的时髦，到了广东，谁骑得上去那个自行车——对不起，地区偏见！）而到了七十年代初，自行车的车座要降到越低越好，低到脚不用下车就可以沾地。据说这种风格是进口的，也正好是北京青年腻了那种越野式的健康风格和一切健康的军训式教育，开始对那种睁着大眼睛微笑的正统美有极反感的心理，才在骑车时采用了这种低姿

态，有些随意，又有些颓废感——说实在的，这种骑车的方法也只有长腿的人才能显出潇洒来，腿短的就是车座再低，还是不能把腿随意放到地上。只有知道北京当时那种敏感的政治文化气氛的人才知道这些时髦的区别。七十年代初，几乎所有的机关干部和知识分子都在水深火热之中，旧货店里到处都是从六十年代末以来就开始堆积的大批家用物品，因为人们大批从城市疏散到干校去，都廉价变卖了家具书籍等，即使回城后，也再没有能力置办，家家是破落景象。如果说"文革"初期红卫兵运动使政府官员子女和知识阶层子女分隔，但到了七十年代初，这种分隔不仅不存在了，反而由于政治境遇使这两种社会背景的青年格外接近，以互通残存的文化精神有无。如果看《今天》《星星》等当时地下文化组织活动记载可以看到这些气氛，但他们也并不代表当时所有的北京时髦青年，北京有一批完全无组织无目标而更颓废更自我状态的年轻人，每日在孜孜不倦、没有任何方向目的地追求自我，仅仅是为了一种存在方式。一群孩子，穿着父母留下的旧式服装或自己剪裁的时装，写小说模仿海明威，画油画模仿凡·高，弹吉它模仿甲壳虫，说话口气模仿《麦田守望者》，德彪西与摇滚乐并存，列宁服与喇叭裤配套。当然还有那么浓厚的俄罗斯文化熏陶，使贫穷的小沙龙里充满高谈阔论，连黑白照片中都透着屠格涅夫的神韵。精神和物质都那么有限，审美趣味反倒显得丰富，并且很容易感觉满足，庆幸自己不庸俗。那时分析辨别审美的方式很简单，只要是反叛式的，就有魅力，就不俗。但那时差不多只要是文化就是反叛式的。

妈妈从干校回城来，看到我的样子，万分失望。爸爸出狱，"文革"结束，父母双双参加国庆节政府官员的游园活动，我们几个女友故意穿着带窟窿的蓝中山装作为子女跟在父母身后，享受着其它老干部的怒容和疑惑的目光，反叛劲头不次于朋克（punk）。在充满特权气氛的交际舞会上，穿老头鞋和破衬衣，也是可以享受革命大妈们冲你皱眉的好时光。连妈妈这么女权的人都生怕我女性发育不足，每天出门都要买回一条花丝巾给我，以启发我的女性思维。到了八十年代初，国家开放了，广东的小摊贩进了北京，五花八门的时装和化妆品跟着香港流行音乐一起进来了。邓丽君带来了玫瑰花香，别说让男人听了发酥，经历过"文革"后的女人听了邓丽君也醉成烂泥。这歌声比女权主义的花头巾要有启发力：飘飘飘。然后是迪斯科的侵略。世界不再是甲克虫和喇叭裤的时代，而是麦克·杰克逊和提娜·特娜的世道。那时再穿一身蓝、破衬衣，就不是反叛，而真是朴素的公务员。只有穿黑色紧身衣，涂蓝色唇膏，穿超高跟鞋才是对路……像提娜·特娜所唱的：天堂就在这里。于是披红戴绿，不顾一切，什么好看就往身上去。妈妈可担心了："我们这一代斗争了一辈子想扔掉的东西怎么又让你们给捡回来了？"我的反驳是千篇一律："你们那代人太简单了，不懂。"我们就更复杂吗？毫无顾忌地把街上那些进口的廉价时髦货往身上套，庸俗得一塌糊涂，心里做着紫色的小梦，以为头上的小雨也是紫色的。

八十年代初，中国刚开放，女人们首先往时装上看。演艺圈、社交界、文化名流们对时装的议论热烈而幼稚。人人都生怕耽误了青春形象或要从时装上抢回青春。对时装的贪婪，使人早忘了"文革"中的"旧"风雅，及革命时期的风格（蓝，灰，黑，白），新，新，新，花，花，花，不挑食。那时我们没有任何关于时装的书籍，只有旧书店里卖的过期外国时装杂志。大凡出国访问的人，能买得起的就往回背，也不问是什么风格，哪种人穿的。只是一个兴奋的念头："呵！减价！"有位朋友向我诉苦，说他老婆的衣柜像个彩色垃圾堆，在国外只要是赶上减价必抢购。哪个女人没有经过彩色垃圾堆的阶段？"文革"时看到一部好莱坞电影，说的是一位年轻的苏联女干部到了纽约决定叛国，其中一个场面是她边穿长筒丝袜边跳舞的情节。长筒丝袜唤起了她对女性美的记忆。青少年时代被迫而遵守的革命式装束，使我们一旦有了机会就对服装的贪欲没有节制。直到衣柜成了彩色垃圾堆，才发现个性已经随之而改变，被动地选择时装，时装成了主子，而主动地选择时装，时装就是个好家奴。

八十年代末，在我去英国前，朋友们出主意：买纯开司米毛衣，做真丝绸的衣服。咱们讲究真货，乡亲们有了钱就要买24k金项链，那是真金。可伦敦的首饰商说，谁会用24k金做项链？戴上那么黄，多么难看！这都是后话。我那时带了三个大箱子的"真货"，真开司米，真丝绸，还被超重罚了款。 结果到了伦敦，每次穿得人模狗样的去一些英国艺术界的社交场合，人家都以为我是中国代表团出国开会的！可不是吗，尽管全真丝，全真开司米，却毫无真个性（不是我的个性，是服装的个性）。在英国，服装是一个人个性的标志。英国有文化的人不看对方的服装是不是名牌，或是不是真丝绸，而是看

对方是怎么搭配服装。当时和我年龄差不多做艺术的英国人都喜欢穿旧衣服，使我联想到我们"文革"时对旧衣服的偏爱。他们喜欢在旧货店里买旧衣服，常常把自己的旧衣服捐给旧货店再从那家店买回别人捐的旧衣服来穿；我们在"文革"时是把新衣服洗旧了才穿，以显出破落风度。 结果国家一开放，由于小时候"没见过什么大世面"——我阿姨说，对时装的偏爱竟成了暴发户式的，见了新衣服就眼亮！与朋友们去跳舞，俱乐部里放的是 house music，我穿了从中国带来的真丝连衣裙，与音乐和周围的气氛完全不协调，看上去是中国妞去吃法国大餐的架势。再下一次去跳舞，专门穿了当时流行的黑皮超短裙，黑长筒皮靴，以适应 house music 的风格，结果进了俱乐部的门，一看，怎么这回里面的女人们倒都穿长裙子？一问才知道，闹了半天是乡村舞俱乐部。我找了一个角落坐下，别现眼了，但是要上厕所，站起来，穿过舞厅，所有的人都看我，还主要是看我

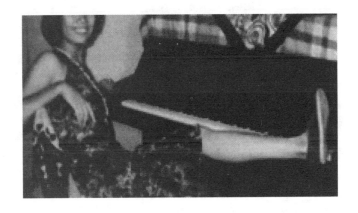

的腿，不是因为它们好看，而是因为它们不应该出现！我几乎要蹲下来假装矮人儿，拿短裙来盖腿。好在我是亚洲人，他们可以拿我当日本旅游者，就像他们惯常的反应：哈哈，真可笑的日本人！只有她们敢穿成这样！

那时我很老实，有什么活动都老老实实地去。开文学会议，咱穿得正正经经，要像个开会的样子。结果刚一进门，就被一位女权主义知识分子拉着大衣的一角，捏着我的衣料说：嚯，开司米！她脸上的神情在说，中国人还配穿真开司米？让我们左派怎么能为你们的灾难呼吁？看来不能穿得太贵重；报纸采访，我根据上次的经验，只穿了一件很简单的单色丝绸衬衣，第二天，文章出来，我被形容成"穿着枯燥无味"，看来不能没颜色；于是穿着印度花衣裙去见某音乐代理人，准备认真地和他谈音乐，他看了看我，却很轻蔑地问：你平时花多少钱买衣服？看来还不能穿得太便宜了！对服装文化一无所知，我当时的感觉是陷入了一个新的文明沼泽。

这些笑话离我已经十几年了。在英国时，我的一些英国朋友因为在服装风格上的讲究，以至不敢轻易进商店。英国人对服装细节的苛求与他们对语言的苛求是一致的。伦敦的英文有很多细微的差别，人们的语言腔调反映了他们的教育和文化背景。这一点与北京很相像。我们这一代在意识成长期间由于"文革"，完全与老北京的文化断绝了，对"文革"以前北京的文化细致之处没有很深的印象，对解放前老北京的古都风雅更是身无体验。在既无古老风范教育也无现代风雅教育的状态下，我们长大了。简单地活了半辈子，突然国门打开，傻了！好像难民似的，凡扔向你的都捡起来。我常常在国外听到出国后的女人们（还有一些男人们）爱议论他们的装束：瞧，四百美金买的，两千美金买的，上万美金买的……名牌！！有些女人屁股一沾椅子，说的就是名牌。名牌给人带来的假象是：没语言没个性没教养没关系，只要有钱，沾上香奈尔，你就沾贵族。但你上当了，没有那么便宜的事。设计时装的人不是傻瓜，他（她）们绝对没有那么好心，让你用巨款能买来文明。每个时装设计大师都是文明的弄潮儿，他们知道自己的创作是为了给什么人添彩，使什么人露怯。每种时装都像一个迷宫，和穿它的人在玩智力游戏。如果你不知道买来的时装是什么身世背景，无法正确对待它和掌握它，它就会在关键时刻毁了你。记得一位女士，很想和人做朋友，结果由于她的夸张穿着和对时装的愚蠢谈论，使那几位她想交的朋友从此对她避而远之；有些文学作品，故事铺垫挺好，突然作者想一展他（她）生活方式的时髦，两笔下去触及时装，马上露了马脚，把作者对服装的愚蠢无知和肤浅个性毫不留情地暴露出来。时装玩弄人的方法就是，把你装扮成个香炉，可你一举手投足，反而更显出来是个粪桶。有些人甚至因为对服装的误解使个人生活都受了影响，因为他（她）想当的那种人并不是穿他（她）那种衣服的人，而他（她）由于文化的局限不知道他（她）那种人应该穿什么样的衣服，因此就对自己有种种错觉，试穿种种衣服，别人也由于他（她）的衣服对他（她）有种种错觉，但是他（她）不知道为什么，其实他（她）就是需要找到那件适合他（她）的衣服，但是由于他（她）的文化不够就是找不到那件衣服……服装不是独立存在的文明，是和其它文明紧紧连接着的。比如当今的时装，很多是和当今的音乐美术潮流有关，而当今的音乐美术潮流是和当今的意识形态有关，这么一环扣一环，人们在社会中的地位、职业、不同的生活方式和不同的鉴赏力，形成了文明的多层次。这么多的层次，怎么能是千金买得来！

如今我还是不时会想起妈妈说的话："我们这一代斗争了一辈子想扔掉的东西怎么又让你们给捡回来了？"她当年穿着绿缎子旗袍从上海去了延安，参加革命，换上灰军装，又把军装染成黑色穿，从此在她的服装颜色中只有黑、白、灰。我没有见过她穿任何别种颜色的衣服，直到现在她老了，才乐呵呵让我们给她穿上小花睡衣，像个大娃娃，喜欢说："都是花，真好看。"妈妈当年对她服装的选择是出于革命理想还是审美？如果是为了革命，她却也从不穿蓝色干部服。记得她说过一些关于颜色和人文的话，我当时听来只是觉得做作，没记住。我一贯觉得妈妈为了革命理想和女权主义放弃了很多生活感受，并且不懂得为什么她还活得那么简单那么快乐？突然有一天，我脑子里涌出来一幅革命图像：黑、白、灰色的青年们（没有红绿）。暗想，早期的共产党是不是有意无意地保持了一种简约主义的审美风格？这种在二十年代象征着反叛至今仍很流行的艺术趣味，是不是在当时已经潜移默化地进入了早期共产党员的生活方式？因为他们很多是大城市学生，也许在他们参加革命之前就已经对国外现代艺术有所目睹，但只有到了延安，那种对待生活的极端性才能在革命运动中发挥出来？我可能是中了想象的邪，可我确信并不是"文革"使妈妈的衣着简单化（"文革"是我们著名的单色时期）。打开"文革"前她的衣柜，她所有的衣服也是那三种颜色。除了她一直保留着的那件绿旗袍，是她十八岁以前生活的留念，还有使我感到神秘心动的吊袜带和肉色真丝长筒袜，袜后是笔直的袜线。袜子太老了，我试着一蹬就开了线，很难想象妈妈当年穿吊袜带的样子！1949年以后在政府工作的革命妇女，很是花里胡哨，从老照片中可见，还有妈妈周围那些女朋友，不甘示弱地要跟牡丹菊花比美。但我妈妈从来都是黑、白、灰。她不像我，面对文化潮流的复杂，常常困惑，找不到东南西北——她那一代也早经历过世纪初各种现代西方文化潮流对中国大城市文化的冲击，而我一困惑，就会追溯到教育问题，然后埋怨妈妈小时候不让我照镜子，或者埋怨她的生活方式太简单，埋怨她是女权主义者……但现在越是往深里想，越能肯定地说，有问题的是我这代人，却不是她那代人。他们当年对自己的理想是非常明确的（尽管年轻幼稚），知道要做什么，面临什么，牺牲什么。他们很多人有明确的生活和理想之审美，这使他们坚持下去，久经风霜却不会迷失，老年虽一无所有，仍能乐观气派。而我童少年时的单纯风格，只是妈妈风格的投射；十八岁时试图寻找的，也早不再相信了；二十八岁时相信过的，也早放弃了；三十八岁时找到的，也要开始怀疑了……我们要的多，选择的多，变化得快，越要，越不明确，越犹豫，越要。那件冥冥之中属于你自己的衣服，不容易看见，好不容易看见了，又够不着，一伸手，它就跑。

张暖忻的《青春祭》及其它

张暖忻的《青春祭》及其它

暖忻去世已经多年。她走的时候我在纽约，只有机会寄她一句悼词。八十年代《青春祭》拍摄后，我曾写过一篇关于她的短文，是出于对老大姐的崇敬，但那时其实并不了解她。后来我们才处得更像朋友，我一直收着她在我过生日时给我画的一幅小画。她去世后我心里替她叫亏，太早太突然，总想找机会把她拉回来。这次回国来，中央电视台要做《青春祭》的专题节目，让我说说暖忻和这部电影的音乐，正好把《青春祭》重看了一遍，暖忻就此回到我这里一遭。音乐是由我与瞿小松合作的，电视台找不到他，就找到我，其实我只写了主题歌，还就是那个主题歌写得不怎么样。从音乐审美来看，瞿小松的配乐比我的主题歌强多了。音响是马跃文做的，和瞿小松的音乐很对路。瞿小松的音乐配上马跃文的音响真是很聪明，比如跳孔雀舞那段，瞿在自然的山寨现场音响上面反复地唱着一种模仿民间音乐的动机，两种音乐混在一起，天衣无缝，当时在电影音乐上是一大突破，据说到现在还算是新招儿。说到电影中的音响探索，我对电视台的人惭愧地说当年我们都年轻，要做探索，当时算现代派，现在听起来无非就是一种方式而已。可电视台的人说，就是现在你们那做法还算现代派。我一听愣了，都十好几年了，怎么我们当初那点儿玩意儿还算新的？本来我回国老想面对新一代检讨我们当时探索的幼稚，因为新一代总是会比老一代有新招儿吧。可人家说以前我们那点儿玩意儿现在还没被使旧。在外面那个乱哄哄的世界，任何一种新招儿很快就变成历史（有时是三个月，有时是三个星期），大家变着法儿的不让日子过踏实了。咱们这儿可好，不累脑子，真是外国一年，中国一天。我们这儿还是天堂。

我怀着怀旧和内疚的心情重看《青春祭》，因为那个主题歌实在是没写好——尽管现在大家仍以为很先进动听，百老汇风格的音乐在中国还是算新潮。暖忻选择我写主题歌的动机是她想用一种新型的城市化音乐，打破当时邓丽君对大陆歌坛的影响，也打破当时革命歌曲对城市音乐的影响，于是她选择了我那时的音乐风格。那时候我的反叛心理真挺幼稚，除了摇滚乐我还喜欢百老汇音乐，以为百老汇音乐不媚俗，以为百老汇风格象征着自由精神。其实现在想起来都是哪儿焊着哪儿的事，百老汇跟港台流行音乐的唯一区别是大城市大文明的媚俗与小城市小文明的媚俗区别。但当时我用了百老汇歌曲的形式把顾城美丽的诗谱了曲，大家都很兴奋，都说那旋律真是漂亮，真不俗。我们怕俗怕得要命，可有时还是不能免俗。后来再听这首歌，每次都不好意思，得把音量关小。由此可见我们当时反叛性的局限。正如影片的男主角看卢梭的《忏悔录》情节，他当时只有那么几本书可看嘛。

电影开始没多久那个傣族美女依波出场了。她打量女知青时头一偏，暖忻给了她一个特写。但是这个特写不长，暖忻见好就收。后来有很多这种对女孩子和对原始景色的特写，她都是不紧不慢，见好就收，很舒服。我怎么早没注意到？主要是我被后来看到的一些中国（包括香港）探索电影中的美女镜头给刺激坏了。镜头往往像一个傻小子似的冲美女脸上痴望，又在美女身上细"摸"，弄得美女和镜头都尴尬起来，艺术就夸张了，夸张了就算得上高峰了。我要是暖忻，在那些女演员身上死下功夫，连汗毛孔都不放过，酸死大家为止，至少能引出很多中外影评。

暖忻的时代，生活中的真正梦想都是什么我也猜不透。《青春祭》拍摄那年，中国刚结束"文革"搞开放不久。《刘三姐》中固然早有调情和民俗，但"文革"中的农村少女形象是《决裂》里面那个大眼贼似的我连名字也记不起来的那个女人。她只会唱《满山的松树》什么的，两眼睁得贼大（这不怪演员怪导演），一点儿温情也没有。"文革"时的女学生后来都会那种表情——如果有大眼睛的话，但是很少人会调情。暖忻这部电影基本是在"文革"后第一次推出一个调情的主题来，傣族姑娘们裸泳、对歌、穿花筒裙、跳舞、飞眼儿等等。暖忻是五十年代培养出来的学生。五十年代的女人敢公开调情么？似乎少有。有位暖忻的老同学曾对我说她那时跟一个男生握了手就算是交朋友了，亲了嘴就必须要结婚了。朴素与含蓄外加革命斗志是那时女人的美德。那个时代丑女肯定最狂，天生的斗士形象。别说是那一代，我们这一代仍旧不会由于鸡蛋黄塞满牙缝而含羞不笑——我曾认识一位从知青上大学的女生，她最喜欢在吃鸡蛋的时候大谈性笑话。电影里有句道白"穿筒裙好像灰姑娘穿上水晶鞋"和"想不到一身衣服有那么大的魔力"等都是年轻革命女性的真实心理。老年革命女性不算，记得妈妈说她革命了一辈子就是为了让我不用戴耳环，可没想到我把所有她早年摘下来的东西都戴上了。这就是自觉革命与被迫革命的区别。而暖忻那一代则是生在自觉与被迫之间的一代，她们又要当斗士又要穿筒裙，穿上筒裙后又怕有"孔雀开屏，后面的屁股就露出来"（电影里引用鲁迅的话）。我们这代跟她们一比倒是不在乎露屁股的，干脆就没有那么多屁股和脸的准则。于是我们到了老的时候，实在很难落个"纯"字。暖昕，纯。只记得拍片之后，她有天突然穿了牛仔裤出来，苗条腰身加两条长腿，惹得我们全体摄制组欢呼。但后来我再很少见她那副样子。她一直以才貌双全著称，可大部分时间都是穿着无性别特征的衣服。

看这部电影必须知道当时的历史背景。它不像后来的很多探索电影，纯讲的是农村或历史。讲农民讲历史，容易成为不朽之作，因为不受现代历史和城市文明变化的裁决。干艺术怕时代感，因为时代会过去，所以精明的艺术家喜欢选择已经成为历史的题材。有时代感的探索艺术家都是有胆儿的，因为容易出错，弄潮会找不准方位。《青春祭》说的是当时刚发生不久的插队知青的事，电影的主创人员大都是刚从中经历过来的人。刚结束"文革"后的青年，对各种新生活方式都有饥渴感，因此无时无刻不在探索。不知道那时那代人经历过的单调生活，就不能理解电影中对美的过分追求；不知道禁欲式的教育，就不能理解影片中那些拘谨的调情；不知道文化封锁，就不懂影片里卢梭的《忏悔录》为什么成了反叛象征。突然想起在美国时看的一部老美国片儿叫《阿飞正传》，比起现在的美国片儿来，真是没什么可看，讲一群郊区中产阶级子女打群架、恋爱、反叛父母的故事。可那是美国第一部青年反叛电影，据说是嬉皮运动的鼻祖。那电影是六十年代拍的，而我们在1983年才刚可以在电影上拍摄青年人看卢梭的《忏悔录》和穿筒裙。

我刚到英国时，接受过英国一家大报的采访，是妇女版。记者把我看成中国开放的女作家之类，以为我能说出什么深刻的女权主义或性解放的道理来。结果我唯一想起来的一件跟女性有关的事就是涂指甲油的故事。那就是我们当时的禁欲生活写照之一，涂指甲油比穿筒裙更算流氓行为，你可能因此就不能就业。住在国外的人肯定不能理解那种禁欲式教育的后果，看《青春祭》中那些纯情的初恋，那些笨拙的眉来眼去，红卫兵式的打情骂俏，都带着当时的时代局限。如果这电影是现在的人拍，故事已经成了历史题材了，就很容易站在局外处理。但当时我们都刚走出那个时代，尤其是暖忻。她是带着一种少女式的纯情来组建这个摄制组的。好像是牧羊女带着一群年轻的山羊满山乱跑，她是抒女性情怀，我们是祛青春之火，东边跳大神儿，西边"做果酱"（见主题歌词）。

闭上眼睛想《青春祭》，调情调得又笨拙又精彩。那些我们陌生的自然景色，那些傣语对话，使调情的内容变得模糊，给人一种选择调情语言的安全感；老巫师的演唱，老孔雀舞蹈家的起舞和铜锣声、牛群声、火烧干柴声，使红卫兵式的调情变得神秘朦胧了。否则，我们会止不住地思索是穿筒裙呢还是露屁股？

暖忻好像老是在工作，似乎很少有女性的自恋情节。怎么可能？像她这么敏感聪慧的女艺术家怎么可能不自恋？分明是用工作来调节诸多向往。她那种实干精神我望尘莫及。《青春祭》的拍摄，为我后来写小说《寻找歌王》提供了真实的原始生态细节。那时去乡下采风对我来说不是什么大乐趣，但不敢对人直言，否则全摄制组的人都认为不可思议。往左了说，那叫体验生活；往右了说，那叫浪漫。可我那时面对大山天天叫苦。现在，我可以诚实地承认我就是一个城市废物，脚底下不踩着马路就头晕。

暖忻喜欢我的《寻找歌王》，约好以后有机会要由她拍成电影。我也乐意，因此而拒绝了别的导演。有一次她路过英国时来看我，我们谈此电影的音乐设想及她当时的生活状况，那时我们更彼此了解，与她告别时她的笑容和滑雪服固定在我的记忆里了。她带走了一些有我参与的英国唱片去美国，说是试一试机会，其实我们都明白在国外拍电影没什么太大的可能性。后来听说她又回国了，我们断了联系。有次在一张谁从国内带出来的照片上看到暖忻，脸有点儿浮肿，我当时心里在想，她为什么不多休息？后来听说她去世了。

她在《青春祭》之后拍的电影我都没看过，据说她去世前正在拍一部新片。我记得曾向她讨教过当导演的事，她说，索拉你绝对干不了这事，太苦了。一看她拍《青春祭》的过程，我庆幸没干导演。在英国见到她时，似乎是听她第一次说到放假。因为那时候她和她丈夫李陀是第一次两人同时在国外生活，又没什么拍片的可能性，她满面堆笑地给我形容他们在一起生活如何简单而幸福，似乎很惊奇生活原来还可以有这么悠哉的一部分。但很快她就又回国拍电影了。暖忻是母亲是妻子，她经历过很丰富的感情生活，但她始终是纯情少女类型。我到现在还留着她第一次出国回来时送我的一瓶法国香精，是做香水用的浓缩香料。暖忻说用的时候得用针头吸出来再喷出去。我一直没找到针头，斗胆把它倒在一个英国香水瓶里，每次演出时才用。它味道神秘，如果有一千个涂不同香水的人在一起，还是能辨出它的与众不同。最懂香水的人也闹不清我涂的是什么香水，多新鲜呀，因为它还没变成香水呢。这瓶处女香精是我最宝贵的香料。最近我不敢用了，怕瓶子一空，暖忻就飞出去了。看，我就是这么没出息，老是把指甲油香水之类的小女人情趣看得至关重要。

自由爵士音乐的开山祖

——奥耐德·考门

自由爵士音乐的开山祖奥耐德·考门

1993年我在纽约作了首场演出。那场演出是和美国前卫女音乐家劳瑞·安德森同台。我从英国带来的曲目是《六月雪》中的唱段和reggea。演出完毕，回到我的小化妆室，代理人沃娜领进来一个黑人老头。她介绍说，这位是奥耐德·考门（Ornette Coleman）。我们握手。奥耐德说："嘿，姑娘，今后无论你要做什么，我都会站在你身后支持你。"我是到了纽约后才听说奥耐德这个名字，才听说自由爵士音乐，才听到奥耐德的演奏录音，但是从第一分钟听到他的音乐时就像生命里被注入了一种新的兴奋剂。现在奥耐德站在我的小化妆室里，一句话，至少告诉我没白在台上闹腾。

后来我常去奥耐德那里请教。他非常善谈，有一肚子的音乐哲学随时要发表。"爵士音乐对于很多人象征着黑人音乐，就像古典音乐象征着是白人音乐。但是音乐是没有颜色的。"他在年轻时被称为天才演奏家，一辈子有无数震撼的作品和惊人的演奏场面，从1958年就开始了他的"音乐革命"。在六十年代领导着自由爵士的潮流，并且首先把爵士音乐从俱乐部中解放出来，使之成为音乐厅的演奏形式。他创建了自由爵士音乐的风格和理论："它可以用于任何一种音乐表现，但又不剥夺别人在演奏时的地位。"这个不停在琢磨音乐哲学的人对人也很敏感："今天我去和一个基金会的人谈事情，那些白人姑娘，一看就知道她们做音乐是她妈妈想要她有一个好的身份……""有些人对音乐并不是爱好，而是用音乐在寻找自己的身份，为了身份而做音乐，这种人不可能做好音乐。音乐需要真正的热情。""你不在乎别人怎么看你，你也不在乎能从音乐中得到什么利益，只是建造你自己的音乐环境，这是真正音乐家的素质。""我要找的是一种反对陈词滥调的声音。"他满屋子转着找一种颜色，拿出一筐棉线，想说明他喜欢什么颜色。"越政治化的音乐越失去它的真实。"他为了放音乐，又转遍了整个屋子找电线，用了一个小时的时间才把电线接上。"我年轻的时候，在俱乐部演奏一场，付我一块钱。""我遇到查理·帕克，他说，我听说你吹萨克斯风。我说，我试着吹。但是我知道他也知道，我的演奏是绝无仅有的。那时候我已经像现在这么演奏了。但是我尊重他的风格和他的追求，因此我没说，听听我的招数。"当满屋子都响起他的演奏时，有一种精神马上以声音的形式笼罩了四周。如果你能当即把这种精神吸进身体里去，它会一生在你周围环绕，影响你很多的人生抉择。"器乐音乐不需要文字来拥有意义。但是文字需要意义来变成文字。"他常把自己和别人都绕进他自己的音乐哲学里去。他更喜欢高兴时把乐器拿出来即兴演奏。我们两人在一起即兴时，总是他吹他的，我唱我的，到现在我才明白这就是一个自我环境的建造过程。有一次我把中国作曲家郭文景带到他家里，他马上拿出乐器要和郭文景即兴。郭文景是拉小提琴的，但是自从成了作曲家，有二十年没拉过琴了。奥耐德把提琴拿出来，要郭文景拉，他吹萨克斯风。然后他又用左手拉提琴，显示他对特别声音的追求。"音乐就是声音。""你不需要说服别人。"那天是郭文景二十年来第一次拉琴，居然还拉出不错的音乐来。当然，奥耐德也是不停地在向郭文景发问或发表观点，可惜郭文景全没听懂。

奥耐德喜欢在排练的中间突然停下来向乐队发问："怎么想目前的政治局面？"他的脑子总是在想事情，一刻也不停。想到了，就马上问出来或总结出来。有时，一个下午的排练，乐队没练几个音，但跟着他想了无数的人生问题，比如一个人的性格，一个人对声音的反应，用声音与人类的交流等等，这些问题二十四小时在缠绕他和听他说话的人。他会不停地强调和解答他的和声理论，但是如果不懂得他的背景和他的人生政治立场，是不可能用纯和声学的理论来解释清楚的。这位大师一生强调的是音乐家演奏时的"自我环境"。他认为在演奏时"越多的人依赖于别人去发挥自己的感觉，他们越失去自己的环境。"这就是自由爵士的理念。现在自由爵士虽然被广大的音乐家所利用，但是音乐家对声音的反应和建造自我环境的素质是多么参差不齐，当然这就是一个见仁见智的擂台，怎么打擂台全看个人的素质了。

奥耐德的音乐和艺术生活是惊人的，却丝毫没有普通意义的动人之处。也许是因为他的人生目的就是反对"陈词滥调"，在生活和艺术中都是眼里不容沙子。他九十年代在美国西海岸做了一场多媒体的音乐会，用一些宗教徒当场在自己身上穿针之类的演出，引起很多人的非议。但是对他来说，是"走向文明"，他希望看到一个他理想中的文明世界，是一个"所有人，不分种族，不分颜色，不分能力和知识，不分性别，都可以作为个人在人类关系中作出贡献"的世界。二十世纪末，林肯中心为奥耐德举办了三天大型音乐会，奉他为美国现代音乐的祖师之一，去听他音乐会的人大多是美国的前卫知识分子，个个热泪盈眶。尽管他是这样一个杰出的天才，还是一直被商业音乐界认为是最不好相处的音乐家。所以他一生都在挣扎着被人理解。尽管他也曾获巨额奖金，也曾有自己的唱片发行刊号，但他的生活从来没有摆脱过起伏的挣扎状态。2001年他失去了自己长期拥有的唱片合同，但听说2002年还是找到了极好的代理人。作为朋友和晚辈，我们都希望多听到他的新作品，但更是被他的种种见解吸引。大家常是议论："奥耐德真应该写书，他把要说的话都写下来，肯定好看。"

我曾经买了一盘奥耐德的唱片送给朋友。那张唱片是他早期的演奏。唱盘刚一启动，就是一声凄厉的萨克斯风的长音环绕整个世界。这个音从此在我脑海中留下来，每次我想到"音乐"这两个字，就先听到这个声音。

音乐游击队长

——比由·拉斯威欧

音乐游击队长比由·拉里威欧

我是1992年底认识比由·拉斯威欧（Bill Laswell）的。那时候他挺胖，老爱穿一身牛仔服。头上留了一条那种一辈子都解不开的非洲辫子。带着一顶帽子，很少摘下来。那时候觉得他是个绿林好汉式的人物，如果是生在革命时期就是一个游击队长。所有的穷音乐家都可以依赖他，几乎没有任何人的问题他不能解决和不愿意解决。那时他的录音棚在布鲁克林"绿点"地区，叫"绿点"录音棚，在音乐界有名。那是一个大破厂房，楼下是一个巨大的车间可以录音，楼上是很多小房间可以办公用。比由把这个厂房租下来，也没装修成录音间，支上机器就干活了。他的音乐生涯就是这么摸索着硬干出来的。楼上的小房间都让他的穷音乐家朋友来白住，他不仅支付所有的房租，还想法给他们找活干，可以给他们些工作费，数目大小，全在于他接的活儿。他一年不停地制作唱片，每天在录音棚里，收了工还是和这些音乐家一起去便宜饭馆喝醉了再回家。他周围的音乐家都经常参与他的制作，但也有的人不是音乐家，也跟着起哄好多年。记得那时有个叫哈桑的，给比由打杂了很多年，具体做什么谁也不清楚，只知道哈桑在"绿点"录音棚楼上也混了一间小屋白住。据说以前楼上小屋都住满了的时候，哈桑就睡在柜子里。反正他没家，跟着比由混吃混喝混零花钱，没有了比由，他不知道怎么活。后来比由的开销太大，就让他回老家了。哈桑现在在哪儿，不知道。楼上还住过诗人欧马——哈莱姆区"最后一个诗人"组的佼佼者。我认识欧马时，他还住在"绿点"楼上，刚刚开始被媒体注意。据说他有一打孩子，是各个不同女人所生，当然都不是他老婆。他常在每个孩子家串门，串完门回到"绿点"来，那时我们在楼下录音，欧马回来了就到录音室来坐坐，打个招呼，然后回到他楼上的小屋去睡觉。后来欧马更加引人注目，比由也改变了生活方式，换了新的录音棚，离开"绿点"，欧马搬到别的地方去了，我只能在《纽约时报》周刊的封面上再见到他了。还有鼓手安东也曾是"绿点"的住户，不知道后来他去哪儿了。

比由·拉斯威欧从"绿点"搬走后，到了新泽西一个更好的录音棚，这也标志着他试图改变生活方式。有段时间他被带进主流明星生活方式。他心里崇拜的是卡斯特罗，却在长岛和洛杉矶与雅皮及明星为伍。这使他变得拧巴，常常潇洒又不安。他小时候没爸爸，刚生下来，被放在一个天平上，这边秤盘上是他，那边秤盘上什么都没有。我是从他那时的女友那里看到这张照片的，好像上帝给他安排了两个很重要的对立位置，永远引诱他跳过去再折回来。后来他告别了那段生活，又被非洲的魅力诱惑了。

如果拉斯威欧是战士，他就能当将军；如果他是政治家，就能当一派领袖，倒也痛快明确。但他是一个音乐家，并且在困境中长大，小时没有受到过任何正规音乐教育，也没有任何人给予过他援助。少年时代开始在黑社会酒吧演奏，台上人演奏，台下人枪战。他长成一名天生的叛逆者，唯一的行为却只是做摇滚乐。他不仅要用音乐反叛主流社会意识，还要反叛已经商业化的主流摇滚乐，他要创立自己的新天下。这是一件非常困难的事情，要反叛，还要生存，就必须有一半的生活是妥协的。就像小时那张照片，他在自己的这一边秤盘上做出种种反叛行为，似乎他自己又必须跳到对面的那个秤盘上，当自己的对手，再跳回来反对自己。他跳过去妥协，再跳回来仇恨对方的一切行为。

如果问比由，他的音乐是什么，他说不清楚。音乐界要归类，他可以占几类，但他和那些类中人都不一样。他并不爱说音乐。在他的桌子上老放着一本书，是阿莱克斯·克娆利的书。克娆利是英国二十世纪初的神秘主义大师，比由爱说克娆利。

克娆利是一个想象力超人的天才，充满了对主流的叛逆思想，他在综合了所有宗教的戒律后，主张他的学生只有随心所欲和无所畏惧才能达到最高的冥想境界。据说他本人的放浪行为曾引起欧洲社会巨大的不满，因此被称为魔鬼再世。而克娆利在论著中强调圣经也是上帝和魔鬼合写的。英国诗人威廉姆·布雷克说，只有上帝和魔鬼的结合才产生伟大艺术，只有上帝和魔鬼的结合才产生伟大能量。也许是克娆利给了拉斯威欧能量。

我印象最深的是比由·拉斯威欧和 Jonh Zone 等人的音乐会。四个中年大汉站在台上，完全没有摇滚歌星那种卖弄风骚的举止，也并不装酷。他们站在台上的不同位置，只是奏响了他们手中的乐器。拉斯威欧的倍司如震雷滚动，立即搅动观众全身。John Zone 的吹奏更是利刃劈来，给思维和听觉最极端的考验。我从来没有听过一场有这么大煽动性的音乐会，无论是从音响、演奏技巧、音乐美学、意识形态来说，都是最富于挑战性的。他们各自都是著名爵士、摇滚、重金属演奏家，并不年轻，但都有一种比年轻人更有活力的东西随着音乐传达给观众，有一种对命运和音乐的把握和挑战的能量。听贝多芬的音乐会沉沉地联想命运，文明地愤怒起来，小眉头一皱——没辙，但是听比由·拉斯威欧的音乐，观众马上的反应是：让声音的能量碾碎渺小的肉体，用声音的冲击把王八蛋们都扫射了吧！

也许这是为什么拉斯威欧在世界各地演出时，观众好像是从地底下冒出来似的，瞬间，他们就撑满了演出场地，一直扩展到街上。他们似乎不是为了娱乐，而是为了从拉斯威欧的音乐中得到勇气和能量而来。

但音乐毕竟只是音乐，没有任何杀伤力，也不能推翻任何陈词滥调，最多不过是把爱好者的耳朵震聋。拉斯威欧不是生在古巴，没有仗好打，他身处美国最和平年代，只有向世俗开战，但世俗是不能颠覆的，它的能量能把上帝排挤成另类，更何况艺术。音乐家只能活在格言里。比由在我的笔记本上写了这么几句话："你留下，因为你相信；你离开，因为你解体；你回来，因为你失落；你死，因为你承诺。"

你活着，因为你有同类。

我的灵魂姐妹

——爱米娜·美雅

我 的 灵 魂 姐 妹 —— 爱 米 娜 · 美 雅

在曼菲斯我学会了黑人式的玩笑，忍不住处处以性来比音乐，后来发现这种玩笑不是在哪儿都能开的，碰上心情复杂压抑的听者，愕然不说，还以为你要强奸他们，骤然他倒自觉魅力无穷。孰不知音乐家在说粗话的时候其实并没有一定的目标，那粗话就像是把肆无忌惮的性格写在脸上。我最初见到爱米娜·美雅（Amina C. Mayers）的照片时就看到了那种肆无忌惮的表情，马上决定要与她合作，后来真见其人，成了朋友，发现她和我一样并不是真正的肆无忌惮。

爱米娜的故事太多了，只能在这儿说二三则。那是我们第一次合作，她为我的专集《蓝调在东方》演奏管风琴、钢琴与第二人声。那天爱米娜一进门，正好赶上吃午饭，制作人比由·拉斯威欧问大家要吃什么，每人要了一份汉堡包，唯独爱米娜要了两份，大家愕然。两个大汉堡进肚，爱米娜开始说笑话，这回说的是她年轻时刚来曼哈顿时去四十二街看性表演的故事，说那晚本该是女人与马，结果出场的是女人与猪，大家听了都笑成一团。爱米娜就势模仿着猪的样子，哼着，走向比由，靠在比由身上做模拟动作，比由是个害羞的汉子，顿时大脸通红，不知如何是好。到了录音时，爱米娜手下的音符个个带着她的性格滚蹦出来，活生生，像是都有故事可讲。她的演奏充满了神奇的个人性，状态好时，音乐喷泻而出，夹着狂笑，夹着歌唱，夹着狂舞，夹着述说，音色中充满灵魂。但她弹琴的时候会睡着，人睡着了，手还在动，如果不是因为打呼噜，谁都不会发现演奏者是在梦中，如果是她在弹琴前就睡着了，那可麻烦了，很难把她再弄醒，几个大汉一起推也推不醒她，周围的人干着急。那天她在录音之前就困了，头就往下栽，眼睛一闭就要打呼噜，我们把她叫醒，她睁开眼说声"对不起"，然后手往琴上一放，头又栽下去了，我急了，突然想起我的气功老师教给我的发功法，全神贯注，两手鹰爪般抓住她的头，十指着力，不多时她醒了，站起来抖擞精神，说，你真把我弄醒了！说完冲我鞠躬，大声对旁人说：她还真有两手！此后，她的真气又回到了手上，灌入音乐中，我们录下了她的最好的声音。她倒是醒了，我却因为功夫不够而把她的困意给挪到我头上来了，头疼之极，一天脑子不清梦。

那次发功后，她说我像个黑人，又说她自己前世曾是中国人。我们渐渐互称灵魂姐妹。后来我们再次合作我的作品集《缠》。录音中，爱米娜发出了一种奇怪的声音，她说是因为我的音乐风格影响了她，使她不自觉地出了那种她自己也想不到的声音。其实那就是她的声音，那种魔力所在我们谁也不能模仿她，后来在北京演出时她不能来，我们全体乐队使足了劲儿想模仿她的魔力，但除了声音大之外，还是不能代替她的出现。佛南多说，我们四个人也顶不了爱米娜一个人，爱米娜的音乐充满着灵魂，时时感受到周围的灵气，也在意自己的灵魂。和她在一起演奏，常使我格外地放松，一见到她就想笑，全然可以不顾观众。而越了解她之后，越发现她的内心朴实。在外，她整天说粗话，见个年轻的日本导演，她会说，原来你是个刚开封的新宝贝儿！吓得年轻导演低头走人。有时又说，我年轻的时候，热着呢！她五十出头刚刚新婚，丈夫是从非洲来的移民，他们虽然已相处多年，一提丈夫，爱米娜还是大脸亮成一盘月亮。她丈夫叫帕帕，一直苦于没有正式工作，到现在还是到处为工作奔波。爱米娜一直在支持着帕帕，并为了帕帕在非洲工作的女儿来美国上学在努力。帕帕是个虔诚的穆斯林教徒，每天祷告数次，对曼哈顿的生活很是不满。他们两人在一起时可谓一景，爱米娜高高胖胖，浑身的衣着一看就是曼哈顿爵士音乐家；她每天下午起床，有时做一天音乐，有时在她的躺椅上歪一天；她张口就是黄色笑话，管所有黄色录像中的角色都叫艺术家，常说起哪个黄色录像中的女艺术家演得好，逗得旁人捧腹大笑；她永远是笑声的中心，有了钱她就喜欢去买一些幻觉回来。而帕帕又高又瘦为人文雅谨慎，小心翼翼，一提起不轨之事就连说

"我的上帝"，脸上一副羞涩。他们结婚时我是证婚人，到了登记处两人都忘了带戒指来，我临时抓了两个从中国买来的景泰蓝戒指给他们戴上，爱米娜那一天都高兴得像十八岁，我差点儿看着他们落泪。我越了解她越发现，尽管一生经历坎坷，但她的音乐中从没有悲伤，不稳定的音乐家生活也没有使她变得诡计多端（很少见！），就像她每次提到生活中的窘迫感时总是说，上帝在照顾我。爱米娜总是爱唱：我只是要看看……看看……所有我周围的世界，所有我周围的事情……

爱米娜是一个真正的音乐家，尽管她没有什么大部头流芳百世的作品，但她真实地生活在音乐里，没有大野心，总是看到别人的长处，不吝惜赞美，用她那种不介意的幽默性格鼓励周围的人，一个乐队有了她就像有了一个大暖炉，而她永远贪吃贪睡，睡醒了砸出一串只有她才拥有的音响。

……

2004年夏天，我从中国回到纽约，见到爱米娜，我们一起吃晚饭，然后坐在戈兰美西公园旅馆阴暗的酒吧里，坐在可能是一百年都没洗过的丝绒沙发上，看着那些围着我们水果盘打转的小飞虫，爱米娜接着谈笑乐队中的喜剧。我又感受到那种异常的放松，直到两个人都哈欠连天，才发现水果盘里的水果都被飞虫占领了，真的不能吃了。

未成曲调先有情

——速写佛南多·桑德斯

因为《蓝调在东方》的录音，我认识了佛南多·桑德斯（Fernando Saunders）。他是美国黑人与美国印度人的混血儿，是有名的电贝司手。他很小就开始演奏，跟大多数黑人音乐家的经历差不多，先是受教堂音乐的影响，然后转向摇滚乐。我刚开始对他的印象是他爱笑，不管说什么事都傻笑，像个小孩儿，对谁都友好，但是从来不摘下墨镜。后来知道了，他老笑是因为他见人紧张，加上天性善良，不知说什么好时就格格傻笑，尤其是见了女人，傻笑得更厉害。以前我写的文章中再三提到过美国黑人音乐家的特点是：音乐中离不开女人。佛南多的性格显出了那特点的纯真一面。他像很多黑人音乐家一样，喜欢无歹意地对女人拥抱、挽手等，这种孩子式的友好，有时会使一些女人对他有戒备，以为他是个色鬼；有时又会使一些女人对他飞快地以身相许，以为他是个多情理想丈夫……于是，佛南多常使自己陷入一种欲逃不能的状态。他演音乐，写音乐，为人多情忠厚，喜欢点蜡烧香，每星

期禁食一天，感情生活给他带来了很多不稳定的生活色彩，也给了他天伦之乐。他的演奏和他的天性相像，手一碰琴，就有种种柔情蜜意流出来，加之从小接触蓝调，节奏中常带着温柔的忧郁。佛南多式的低音是有名的，那些轻轻摆动的音符，一听就是他，让人生出"未成曲调先有情，弦弦掩抑声声思"的情绪。闹了半天，白居易的琵琶女到他这儿转世了！佛南多的音是摸出来的，而不是弹出来的。和很多

爵士钢琴家类似，手那么一摸，音符就由手指带出来，听着令人心动。

2004年初，佛南多送给我他的新专辑，旋律优美浪漫，能让人反复听，每首歌都像是他的为人，像个孩子似的随时准备为他的朋友或情人分担忧虑。这是他对爱情的真实坦白：

我可以当你的男人，握着你的手，我可以当你的哥哥，温暖你如同一个母亲，我甚至可以像你的父亲，当你的朋友，和当你的丈夫，永远站在你的身边，但是我不能说，再当你的情人。

我可以给你一个孩子，她使我们微笑，我会给你一个家，你再不会孤独，我给你唱天堂的歌，使你感到你属于这个地方，我在这个失去灵魂的世界给你希望，但是我不能说，再当你的情人。不不不……

他倒是不傻，跟他的女人说明白了：你要这个，没那个。

速写佛朗·阿克拉夫

速写佛朗·阿克拉夫

2003

1
1
4

佛朗·阿克拉夫（Pheeroan Aklaff）曾在我的乐队中任鼓手。我管他叫"花脸"情种。他是地地道道美国黑人血统，憨憨实实、厚厚墩墩一个汉子。佛朗打了一辈子鼓，最享受的片刻是让他独奏的时候。他告诉我，给人伴奏时，别人老怨他打的点儿过多。我们一起演出时，只要轮到他的鼓独奏，他就兴奋得打个没完，忘了下面还有我的事。我只好从台的另一头走到他面前，拿眼睛盯着他，示意他那段该结束了，但他不看我，只是低着头打鼓。他这才看见，为我换节奏。有时是他打过渡，可我知道他要过渡个没完了，就不等他的暗示，只管唱。他听见我已经开始唱了，会立马跟上，很像是侯宝林先生那段相声：扭嘴挤眼你全不怕，还得老夫我把你拉。我除了没拉他，扭嘴挤眼的事全干了。他一独奏，魅力大发，鼓槌跟雨点儿冰雹似的飞溅在鼓上，鼓声厚重，有千军万马之力。他边打边吼，身上的阳刚之气迸出一片火花来。台下这时就禁不住要为他叫好，他一得意，又迸出一片火花来。

佛朗只要是一坐下没事了，就要生事，他精力旺盛，常常叹气说没事干。问他最近在干什么，他说去教课，去演出，每天在家做两顿饭，接孩子，修房子，作曲，组织乐队，推销自己的唱片，聚会，喝酒……但还是精力旺盛，还是觉得生活缺刺激。他老婆是从哥伦比亚来的，很漂亮，使人想起马尔克斯笔下的女人。佛朗最高兴的时候是老婆的妹妹来家里住时，再加上妹妹带来的女朋友，一屋子漂亮女人，他就觉得活得有劲儿了，否则他就要开车出去东张西望，看看有什么兴奋的事他可以参加进去。他有时会给我打电话说，如果我给你的女朋友打电话约会，你可别怪我，我见了女人就想约会，因为我是个男人呀。青海《花儿》最好这么唱："带上你的妹子，带上你的女朋友，带上你妹子的女朋友，带上女朋友们的女朋友，全住到我家里来。"

菲尼斯·纽本死前的那一串音符

菲尼斯·纽本死前的那一串音符

1989 年，我刚出国后的第二年，去了美国曼菲斯学蓝调音乐。和美国黑人蓝调音乐家一起"泡"了二十一天，好像换血似的。为了那个难忘的经历，我写了《蓝调之缘》一文，大说了一回文化恋情中的尴尬。多年搬迁，我把在曼菲斯时拍的照片全丢了，只剩下四张，其中三张是同一个故事：丹（蓝调音乐家）带我去见"妈妈柔丝"（"柔丝"在英文里是玫瑰的意思），这玫瑰大妈有好多儿女，都是音乐家。那天我们正见到她儿子菲尼斯·纽本（P h i n e a s Newborn）。丹告诉我说，菲尼斯是个著名的爵士钢琴家，在五十年代人人皆知。菲尼斯那时正在家养病，咳喘不停，卧床不起。我们一进玫瑰人妈家门，就看见菲尼斯缩在客厅角落的一张床上。丹把我介绍给他，他从床上爬起来，弯着腰走到钢琴旁，弹了一首动人的爱情曲子。屋子里特别暗，好像在湖里潜水似的，只能感受到一米以内的形象，因此我完全回忆不出全屋的景观，只记住了菲尼斯的脸很小，眼睛很大。他的手平平地在琴上滑摸，而不是用手指弹。最后弹下去的那一串小和弦几乎是摸出来的，非常轻。这是黑人传统钢琴家与西方传统钢琴家演奏法上的区别，这也是爵士乐的钢琴音色别出一格的原因。菲尼斯的那最后几个音留在我的耳朵里再不消逝了。

过了几天，他死了。那是个星期日，我们正准备去录音，丹打电话到我的旅馆，说录音取消了，因为菲尼斯死了。我听到这个消息，不知说什么好，本来最正常的反应是去参加他的葬礼，可人家没邀请，我就不好意思主动提，又不知用什么语言来表达我的心情最合适。我的心情很难言，震惊大于沉痛，因为其实不了解菲尼斯很多，但又不是对他一无所知，毕竟我听到了他的绝响。但那时一震惊，英文词儿就更少了，说不出话来，加上中国传统感情不外露，多说了怕显得虚假，可少说了就显得我特别不通人情。但我只能少说，多说了没词儿。挂上电话后，觉得一种失落。我对美国黑人音乐有种恋情，以为去曼菲斯"采风"就解决了。在中国，音乐家采风、作家体验生活，挺自然，可我到了曼菲斯，采风姿态全无用处，你没有人家那种生活感觉，只能一边儿去，好像小时候老叫着要跳水，一上跳水台，眼晕，就下来了，于是身体和水的接触少了一种。到了曼菲斯，眼看着黑人们载歌载舞，却没有勇气参加进去，因为他们的载歌载舞，纯是体感，既不是跳秧歌，也不是像白人那么只是跟着节奏晃上身。有个电影叫《白人跳不起来》，说的是打篮球投球的动作，其实说的就是那种身体感觉。黑人也爱说白人不能跳舞，也是指那种特殊的身体感觉。黑人的音乐是得先从脚底下感觉的，尤其得特别地感觉到身体的中段。没有中段，别唱蓝调，即使是临死前的菲尼斯，那几个音也带着一身的真底气。面对这种真实的要求，我一下子就"底儿潮"了，叶公好龙么。所以我在曼菲斯呆得很寂寞，人家都去菲尼斯的葬礼了，我只能坐在旅馆里喝可乐。电视里预告要来龙卷风，警告大家不要出门，看着窗外龙卷风来之前的乌云，更觉得无名惆怅，拍了张照片，以纪念菲尼斯和曼菲斯。又给我自己拍了张自照，以纪念我的失落感，我要是画家，那时正有画自画像的欲望。失落者总是很自恋。拍摄龙卷风乌云照片时，我连窗户都没敢开，怕风来了把我卷走。

过了两天，丹带我去玫瑰大妈的家。玫瑰大妈正坐在屋外走廊上晒太阳，不太想和我多说话。这回我倒可以仔细看看玫瑰大妈。她很好看，非常大的眼睛，瓜子脸，皮肤发棕色。想一想她最小的儿子也已经五十多岁了，她看上去却不超过七十岁，很肃然起敬。我找话说，问她是不是纯种非洲人，她说她是非洲人与印度人的混血。我说她漂亮，她听了后没什么反应，大概是听多了。我问能不能给她拍照？她说不行。丹说玫瑰大妈因为生了一堆大音乐家，一生经历太多，因此对被外界注意很厌倦。刚巧我在曼菲斯时，还有个英国BBC的人也在那儿采访蓝调，在玫瑰大妈眼里，我们可能都是不可信任的外来人。仔细想想，曼菲斯和密西西比河生养出来世世代代的杰出黑人音乐家，可是最使曼菲斯成为著名游览地的原因是因为一个白人音乐家猫王的成功。猫王生在曼菲斯的穷人社会，受到黑人音乐的熏陶，他长大后，由于他的白人蓝眼睛加上黑人蓝调式的演唱而受到白人社会及全世界的疯狂膜拜。也因为这种不平等的文化膜拜，曼菲斯的黑人对外来人有种不信任的感觉是正常的。丹有一次在猫王家墙外对我说：我们（他与猫王）都是从小一起玩儿的……但是……我们是黑人……他说话的时候眼里有种东西我没法说。

曼菲斯的黑人都住在黑人社区里，玫瑰大妈住的房子是与别人一样的美国南方式简易小楼，但这里与别的社区不同的是，坐在外面乘凉的人很多，尽管外面也是热得要死。大家都坐在门外走廊上，互相打招呼，看过路的人。我和玫瑰大妈的谈话很难进行，丹问她可不可以带我进她房间再看看菲尼斯的照片，她同意了。我们走进她的客厅，钢琴上摆的全是菲尼斯的照片。阳光照进屋子里来了，不像上次我们来时那么暗。我给钢琴上那些菲尼斯的照片拍了一张照片。这张照片成了我对菲尼斯的唯一纪念物。后来等我到了纽约，问这里的人知不知道菲尼斯，他们都说，不知道。菲尼斯像大多数音乐家一样，来了，在一些人的耳朵里撒下一点儿声音，又走了。

胡同没了，北京的故事也没了

—— 由鲍昆的胡同摄影而联想

胡 同 没 了，北 京 的 故 事 也 没 了

我是在北京的胡同里长大的。听院子里的老人讲，过去的北京是那么有意思。因为我是在小时候听的，又赶上了老北京生活的一点点尾巴，像庙会、厂甸啦等等，所以我的童年充满了老北京的韵味。老北京对我来说，就是一段美丽的童话和与我生命之间无法割舍的一部分情感。除了在庙会上喝豆汁看拉洋片以外，现在最让我难以忘记的就是记忆中的胡同生活和在包围着北京四城的老城墙上登高了。那时，北京的天真蓝。登上离我家不远的阜成门城楼，向南可一直走到复兴门豁口，向北可一直走到西直门。古城墙上荒草萋萋，是一个宁静与自然的世界。在蛐蛐的叫声和蝉鸣声中，向城内眺望，是浮在绿阴上的景山和北京白塔。向下俯瞰，是密密匝匝的街巷胡同。偶尔飞过的白鸽群和哨声，给古城添上了一曲绝有的音响。轻风间或送来隐隐约约散落在小巷胡同中小贩的各种叫卖声，一切都是那么和谐。向城外眺望，西边远山前是一片碧野，各种庄稼在阳光下努力向上，凝思静仁，可听到它们拔节的欢快交响。城墙根下一泓苟延残喘的小河悄悄流淌，这就是护城河。虽然它已失去御敌守城的风采，变成我们这些孩童捞鱼虫的臭水沟，但我仍愿坐在城头上，想象它像小人书中所画的那样，躺卧在千军万马前，任他们架云梯、铺浮桥而凛然不可侵犯……

我必须把它们记录得纯粹和完整，以便在未来可以告诉孩子们，你们的父辈曾经拥有过的奇妙的胡同……

——鲍昆

北京人都怀旧。鲍昆是八十年代第一批艺术玩主，搞摄影、文学，兼做生意。八十年代时鲍昆骑着摩托车在北京城里到处乱窜，什么奇事都少不了他。后来他去了德国，回来后接着在北京城里到处窜，不同的是开着汽车，有些小胡同就钻不进去了。

北京城的变化太大了，让人哭笑不得。我们都是住过胡同的人，都记得胡同的那种安逸。我小时住的胡同里有大树，夏天树下有乘凉的街坊们，他们在树下吃晚饭，看着他们吃特香。西城区和东城区的胡同相比之下比宣武区的胡同要好，所以北京如今的拆迁运动各有利弊。著名的宣武回民地区牛街的胡同已经拆没了，那些回民祖祖辈辈住在牛街，定是对牛街有很深的感情，但是那些胡同的确条件非常之差：很多家用一个公共厕所，大部分的房子破旧不堪，尤其到了夏天，厕所发出的恶臭可以蔓延一条街。这种胡同杂院的居住条件并不舒服，住在里面的年轻人自然会有对楼房的向往，但是一旦搬进楼房，就会发觉，再也听不见知了叫也捉不着蚂蚱了！北京一旦变成以高楼大厦为主的城市，北京味儿就没了。住过胡同的人肯定都盼望只是装修改善胡同，而不要完全拆掉它们。只要家家安上私人浴室和卫生

间，拆掉那些在胡同里的公共厕所，加固老墙，保持四合院和胡同的整洁，种上树，北京就是世界上最有特色的城市之一，就像伦敦拼命保持那些街道中的传统民舍一样。

我在伦敦住的时候，最深有感触的是他们保留传统的精神，每家居民都自然地在保护他们的住房特色。在伦敦，有文化的人并不愿意搬进新盖的大公寓里，而愿意住在那些古老的小街上。伦敦人几家分或一家占一座小楼加花园，和北京人住胡同四合院的观念差不多。常常听到伦敦人指着那些新盖的豪华公寓说："瞧，没有英国人会去那里住，除非是傻瓜或者是阿拉伯人。"即使是纽约这样没有古老历史的城市，住现代公寓也不是文化人的向往。有两年我曾租住在一个带门卫的新公寓楼里，凡是来访的朋友都吃惊地看着我，说你怎么可能住到这种地方来？！纽约人没有老宅可住，就都拼命寻找十九世纪留下的厂房或堂楼。可见没有任何一个有文明的古老城市会拆掉他们自己的风格，除非是赶上了战争。

在牛街的附近，现在仍有一些回民涮羊肉馆子，可以吃到最正宗的手切羊肉。一次我和鲍昆去那里一家馆子吃涮羊肉，鲍昆要上厕所，出去到牛街里找，一个老人说，哪还有公厕了？都拆了，到处是废墟，你就找个地方尿吧。但没过多久，废虚就都变成了一片片豪华住宅。还没拆的一家小馆子里挂着一张无名者的油画，画的是北京冬天的小胡同。凡是去吃饭的人都看着那张不知名的油画百感交集。如果北京再这么拆下去，哪儿还能见到这些小胡同？哪儿还有这些胡同故事？"水妞，水妞，先出犄角后出头。你妈，你爹，给你买了烧羊肉，你不吃，喂狗吃。狗吃了，你就没了……"雨过后，墙底下的水妞只有听着童谣才慢慢伸出头来爬动。那些老墙没了，水妞也没了，楼盖起来，蟑螂就搬来了。

说到这儿，我不禁想起建筑家戴安娜·阿格瑞丝特（Diana Agrest）"阅读城市"的建筑理念。如果我们的建筑家和市政府好好读读老舍，读读北京的小胡同，他们就会生出完全不同的概念来建设北京了。北京人的故事应该是北京建筑家们的参考模本，而不应由开发商和建筑家们来随意地重写北京人的故事。但是现在我们已经都住在大楼里了，单元的楼门一关，各人在屋子里踱步，无可奈何地开始照搬香港、台北，甚至国外的汉城、新加坡的故事，来开始我们的一天。

废墟中找乐，不修饰的修饰

——杨小平的乐子

废墟中找乐，不修饰的修饰

杨小平曾是中国音乐学院民乐系的学生，因为把男女生宿舍之间的墙挖开，以便两性自由往来，被学校开除。然后就成了"问题青少年"，混在社会上，跟工厂的老师傅学电工，跟故宫老师傅学模仿古画，又自学装修，然后变成工艺师，再变成设计师，再变成建筑师。曾在周游欧洲期间，学得西域风情。他先是给自己在北京后海按古建筑的风格盖起一座独门独院，后来又跑到京郊农村的一条土路边，盖起了一座乡村大宅门。又过了一年，在北京的一所大厂房里租下一栋楼，把一座破破烂烂的旧厂房给改装成一栋现代艺术沙龙。

小平的设计风格无门无派，只是舒服雅观大方时尚兼有品位。能做到这几条其实不容易。当下在国内最时髦的是简约主义，可简约主义并不舒服。在简约主义的房子里，经常不能随心所欲，总不知如何是好。在黑白相间的稀少陈列物中，人类的七情六欲被压缩得变了形。

艺术可以变形，欲望一旦变形真正是不舒服了。

以我去朋友家串门的体会，有些朋友家只是悦目却不敢松弛；有些朋友家松弛之后却不悦目；更有些人家牵强附会只是炫耀。

到了小平农村的家乐得个赏心悦目，四仰八叉。小平喜欢充当工人角色，自称是"散仙儿"，而不当艺术家。他的人生观是活得随意，绝不刻意追求，只要能伸展，地方大，当拣破烂儿的都行。他说："有时候，能在废墟里找到很漂亮的东西，是很快乐的事情，我没有什么钱，但是喜欢好看的东西，所以得去找，其实穷人买东西自有自己的乐处。"他爱拣破烂儿是真的，还喜欢去拆迁的地方买古董，回来擦洗。破烂儿，古董，加上他的新设计，"五步宽，六步深算是一间房"的农民盖房法则，中国硬木茶几配上西洋大软沙发，壁炉烧得热烘烘，在其中舒服成一团，有吃饱喝足脱鞋上炕之感。

通俗了说，小平的建筑风格集欧洲与中国传统于一身。不通俗了说，我说不出来。我不懂建筑，只觉得他的建筑没有什么特意的建筑追求，只是追求天下所有可以信手拈来的舒服。从农民家买来的喂猪食的石槽子在院子里变成装饰，果树、葫芦架、开放式厨房、法式粗木餐桌、欧式粗木房梁、修在房间里的四合院月亮门、老式清代雕木门窗，所有舒服都建立于对舒服的精确感，而不是在重复建筑和装饰风格。

小平在他新重建的厂房家里画了一组油画，泼油彩而成。虽然是泼出来的，油彩的颜色搭配、色调处理、颜色之间的运动、画面的结构都有自己的规律，很像他的建筑和装饰，不结构的结构，顺手拈来，却顺理成章。他还喜欢做"玩具"，一不小心就可以管它们叫"雕塑"。"玩儿"是小平的创作基点。

小平的创作风格使我想起如今面临着各种境况的音乐家。当条件有限时，音乐家必须有能力把管弦乐队、民乐队、业余合唱队、民歌手、歌剧演员、卖破烂的、敲铁皮的、学生、农民、钢管、马桶、疯子、傻子全都集中到一个作品里去，还得处理妥当。这需要对音响的把握、对风格的理解和对人的信心。

有一次看见小平干活，拿着电焊机，不带任何防护面具，头一扭，看也不看，手一伸，就焊上了一条桌子腿儿。他的助手们在旁边被火光照得鼻涕加眼泪的，又不敢说。他就这么扭着头，手往桌子下面抻了四回，一张漂亮的钢桌子就焊出来了。

我变成了他的邻居，也租了厂房，请他设计并装修。

他走进破旧荒废的厂房，命令工人先敲掉旧天花板。高大的屋顶马上暴露出来，没几天，二层楼有了，楼梯是用钢和玻璃做的，从屋顶上挂下来。

他设计了天窗，可厂房的墙皮太厚，工人凿了一天，才凿破一层墙皮。第一拨工人弃工而逃。不知他从哪儿找来些不惜力的，凿了一个月，终于在防空墙上凿出一圈大窗户来。

这是他对我新居的设想：用石碾子当茶几，用澡盆养花儿，用铁打家具，用麻袋片儿当地毯，用砖头砌澡盆，用墨汁刷墙，用炒菜锅做洗手池，用水桶做灯罩……

没等我否认他的 dub 式的设计构思，他自己先给推翻了一半儿，恐怕是不太容易实现。dub 是最新潮的音乐风格，拿那些已经制作成型的音响再制作、再加重，让人性更工业化。但是小平并不喜欢听dub音乐，倒是更喜欢听乡村摇滚。

我们私下里叫小平"地下王子"，由于他的生活经历，他几乎认识北京所有的艺术家和工人们，上至故宫仿古大师下至盗墓者，都把小平当兄弟。他在人多的场合不爱说话，但是如果谁说话惹了他，他就会站起来，把啤酒倒在那人的脸上。因此他那位会说几国语言的浪漫情人洪晃特别重视警察朋友，因为小平有时会因为打架在局子里蹲一夜。

从未被开发的女性灵魂

——蔡小丽的花卉

从未被开发的女性灵魂

我在英国时认识了王佳南、蔡小丽夫妇。王佳南爱贪嘴，把生活当玩笑，蔡小丽话不多，对生活不多想。她出身于艺术世家，一心作画，为人简单。两人一同在中央美院毕了业，结婚生子，据说小丽怀孕后，美院一教授曾哀叹世间少了一位天人佳丽，又据说因为他们两人在美院的家居凌乱，连猫都因为找不到睡觉的地方而出走。

小丽比猫随和。刚到伦敦时，常见佳南开着摩托车，小丽坐在后面扛着画，坐车的比开车的更辛苦。一次这两人去参加大英博物馆画赛，照旧是佳南骑摩托带着小丽，小丽扛画。画很大，兜风，小丽在后座上拼命把住，才不致连人带画被风掀走。到了地方，博物馆已经关门了，好说歹说才得以进去把画交上参赛。出馆时因为前门关了，就走后门，佳南见馆中后院里放了若干大木板，想起正好做大画板用，就拾了一个再由小丽扛着，这板子比那张画更大，更兜风，不知小丽坐在摩托车后面是怎么扛的。反正板子扛回去了，他们直到现在还用着。

后来他们把儿子接到英国去，两人仍是夜里作画，白天睡觉。小丽把儿子先哄睡了，画到天亮才上床。儿子早晨醒了，叫醒妈妈送他去幼儿园。英国母亲们重视打扮，连牛仔裤都熨。可小丽送儿子上幼儿园时头不梳，脸也不洗，半睁着眼把儿子放下就掉头回家接着睡。睡到中午，想起去接儿子，再爬起来去幼儿园。

王蔡二人作画方式不同，画风不同。小丽一张画要画好几个月，每年委约不断，常常忙得需要佳南打下手。有时她把荷花叶子画好后，就一声令下："王佳南，去吃出几个虫洞来！"

佳南去了，在叶子上面画上虫洞。我在英国时写了一个短篇《人堆人》，其中那对艺术家就是依了他俩的原形。我还曾为佳南写过一篇速写，主要形容他如何坐在马桶上想画面。佳南一向大大咧咧，从来不拘小节，他也是画如其人，但在此篇中先略过。小丽一向对佳南没要求，问她什么样的男人最好，答曰嫁给谁都成。

在英国两人买了一栋四层楼。刚买下的时候，楼上楼下到处是居室可住人，他们兴奋得幻想着怎么装修改造房子，在客厅里摆了乒乓球台，可打球兼用餐。五年后我再去看，那儿成了一个住着人的仓库：每间屋子一开门都潮水般往外涌东西，人在每间屋子里都须"刨坑"睡觉；装修的地方从来没有完过工，澡盆四周来不及砌砖，摇晃着泡澡；只有画室是整齐的，但是要爬梯子上到顶层的阁楼去才见天日。房间越堆越小，画越画越大。在这里，小丽创作出一幅幅巨幅花卉竹草，每张都是惊人之作。

那些花卉竹草在小丽的画面上，没有一丝一毫的凌乱，结构总是端庄的，颜色丰富但不叫嚣，技法遵守着传统约束，那些花卉即使开放也不炫耀。所有的细节都力图真实，但工笔的传统和小丽对细节的精心描画及颜色的运用构成了非现实的画面。再仔细观赏，那里面有种含蓄的疯狂和妩媚，比乔治雅·欧姬芙的花卉更加诱人。欧姬芙的花卉早以性感著称，那些被夸张的女性生殖器式的花芯大张着向世人挑衅。和她的花卉比，小丽的花卉好似全是夹着双腿开放，处女般的花芯永远藏在花瓣中。小丽的女性心理一直是毫无挑衅性的平和，她的花卉和她的外形一样，雍容淑雅。只是她四十岁之后，突然那些花卉随着她的感情起落而在光和浓重的颜色中飞卷起来，即使如此，它们也还是夹着腿飞舞，没有去跟着欧姬芙的花卉闹性解放。小丽把她对情感的追求都刻画在那些非常细腻的花草细节里，拼命去描绘花草身上的纹路，却从来没有想到去揭示和展现花草的隐私处以夸张女人的性感魅力；又似乎她把对于情爱的敏感追求全部"移情"到那些落叶的细微变化中，那些纹路、新生与枯死的细节、夸张的颜色、过分耀眼的光线，比印象派有更多的敏感，比工笔画有更多的光彩。这是小丽在通过花草展示着一个沉睡欲醒的灵魂。

小丽刚完成这一批光彩夺目的画作之后，曾经急不可耐地要听我的意见。我拿起她的新画册，被《远古之光》出土文物式的红色花卉给震呆了。不愧为远古而来的魅力！似乎这些花卉在地下沉睡了几千年，时间并没有夺走它们的颜色和魅力，它们一直盛开着在等待被发现。悠久的等待使有些花卉干枯，但那些红色就因此而更加神秘。它们会不会由于见到外界的空气而融化为水？沉睡百年的"睡美人"以她的安静和单纯使所有的男性对她充满种种想象，服饰掩盖下的身体比裸体更有诱惑力，驱使人们要去揭开谜底。而《远古之光》中的花卉比"睡美人"更加含蓄地展现着女性的魅力——时间和等待造就了无可取代的神秘层次，在这里，明亮与暗淡、清晰与混浊、枯萎与鲜艳都是同等的美丽。鬼使神差，这些奇异的花卉出现在小丽的笔下，小丽面对这些花卉，自己都禁不住失声："我的花儿怎么变了？！"她不会用语言描述自己，但花卉们的倾诉超越了任何女性心理小说。

小丽已经画了十几年的花卉竹草，随便翻一下她的画册，就能被她各时期的花卉竹草而勾引。它们就像是一群随风起舞或亭亭玉立的美丽处女，凭着天然的姿色含情脉脉，飘逸迷离，从未被开发的女性灵魂，不会引诱但魅力万千。

2001年，王蔡二人一起从伦敦来纽约，在我家里小住，说是此行专程去洛杉矶的海边拣"古树"。他们说2000年佳南在那边海滩上看见有从海底捞出来的白色古树，奇形怪状，非常好看，今年就动员小丽一起去写生，捎带拣回些树干来。两个人就飞到洛杉矶去了。几天后没有准时回纽约来，闹得我担心，以为飞机出了事。有两天早晨，似乎听见他们说笑，觉得他们回来了，走出房门，没见人，我更加担心他们出事，怕是鬼魂儿叫门。正和纽约的朋友们商量去报案找人，他们却真回来了。每人扛着一个大包袱，说是从洛杉矶买来的"古树"。小丽说，他们到洛杉矶就租车去海边找"古树"，找了几天，什么都没有。后来到处打听才知道"古树"已经被运到商店里出售了。他们又开车找到了那家商店，见到"古树"，但是不能在商店里写生，只能买回来。可树太大，不能全买，就一人扛回来一个大树根。

两个人晒得黑紫，小丽还冻出来了气管炎。从伦敦带的箱子，主要是为了装树根。小丽边收拾箱子，边哑着嗓子跟我说："索拉，值得去，真便宜，才十块钱一个树根！"

持续销魂的时间

——艾未未的仿古家具及其它

持续销魂的时间

艾未未不爱说话，不爱解释，只爱动手。比如说一群朋友在一起聊天，他不说话，哪位女士需要按摩，他在所不辞。我料他是一个女性崇拜者，但不是那种爱写情书的人。想看他的作品，去了他家里，见到一堆人，挤在大厅里吃喝。房子是他自己盖的，非常大，大到懒得去参观的地步。有一间大屋子里摆了一地的木盒子，盒子里面全是他的作品，但是我没去打开，就淹没在那群人里了。又隔了一段时间，未未给了我一个光盘，到此我们还从来没有谈过他的作品，他也没有给我任何文字资料。我打开电脑，等了半天，照片的图像才显示出来。

一张有八条腿的桌子好像是从电脑里爬出来似的，刚开始以为它是要直愣愣地盯着我，看清楚后才发现它是在用屁股朝着我的脸。多年前，我曾经想把小说《蜘蛛的故事》改成一个歌剧，一直琢磨着蜘蛛在舞台上的形象，不知如何是好，到今天还没个主意。一看见这张桌子才恍然大悟，这张桌子不就是那个蜘蛛吗？它以一种古典式的优雅趴

在展厅里，遵艾未未旨，作出明朝风范，不得张牙舞爪。我开始冲着它的屁股冥想歌剧主题，但它以一种文明的方法爬走了，它的形象在我的电脑上一块一块地分解掉，消失了。

另一张照片，是两把凳子在性交。那是两把明清——谁在乎是明还是清的——农民坐的木凳，未未仿古可以乱真，凳子上面做出了时间的斑痕，似乎是从旧货市场里买来的。唯一与旧货市场凳子的区别是它们的姿势。这是两把一见钟情的凳子，自从第一天遇上，就开始做爱，再没出过房间，也没打算停下来，时间太长，动作过量，上面的那把僵住了，变成了靠背。

未未似乎沉浸在性爱的结构里，不曾出屋：那张三条腿的椅子，任何人坐在上面，自然会打开双腿，放弃一切戒备；还有一张两腿在地上、两腿在墙上的桌子，说用途，不知能摆什么，但它活生生地站在那里，好像一个人靠着墙，两只胳膊伸开，两腿叉开，正准备接受一种做爱方式。

最后艾未未终于出屋了，可他的这些爱神享受完爱情后就都僵在那里，永久地留在了那个充满欲望的瞬间，再找不回它们的朝代。这使我想起《隐形城市》中的那个有魅力的死亡城，为了死人能继续活人的生活方式，活人造了死亡城，模仿活人世界。但是死人最终使它们的世界比活人世界更富想象，诱惑活人世界反倒要向死人世界学习。

艾未未的"家具"以它们自己的姿态来享受光阴，它们的生命是未未给的，它们的经验也是模仿未未的，但是它们的出现比未未更固执，更有侵略性，更性感。恐怕占有这些家具的人反过来会受到它们的姿态和风格的启发，把已有的生活方式跟着这些家具的姿态而改变。人不能持久地处于未未家具们的那种销魂状态中，我们得时时恢复原状，起身，走出屋子，假装从来没变过形。但这些家具会迫使它们的主人保持一种心态。

未未的爱妻陆青走出屋去，禁不住要去向玛丽莲·梦露挑战：她把裙子在天安门前撩起来。（梦露的裙子当时偶然被地铁的风吹起来，她匆忙去捂，没捂住，露出大腿，被拍照，成了世纪的经典性感形象。）陆青穿着运动衫，黑裙子，凉鞋，一副游客的样子。没有风，她大撩开裙子，露出白裤衩和性感的大腿，身后是天安门，面前是个残疾人，她以这个姿态自嘲，像家具一样一条腿直立，给我们显示出那个在阳光下没有性感的活人世界。

灵石动机变奏曲

——刘丹的微观世界和动机变奏

灵石动机变奏曲

初次见到刘丹时，他穿一身考究的外国裁缝特制的毛料中山装，拄着银手杖，上衣兜别着一支银笔，头发梳得倍儿光，长发在脑后齐齐扎住，两眼有神。他喜欢用英文说笑话，每次说到逗哏处，他自己先笑，然后边说边笑，直到笑得说不下去了，我们还在等结尾。那时刘丹住在曼哈顿上城漂亮的麦迪逊大道一座幽雅的老式楼房第五层。楼下是高档意大利饭馆，上楼没电梯。每次去看刘丹都得爬楼，边爬楼边想这是欧洲人的风尚——住在商店或饭馆的楼上，气喘吁吁地爬老楼梯，边爬边说对身体有好处，看不起现代公寓楼。总算进了刘丹的房间，基调一律黑白两色。黑色大画桌，黑色长椅，黑色书架。白墙，白床罩，白水杯，白纸。他的画也大多是黑白两色的水墨画。这是他的画室兼居室，可是房间里看不到一丝画家惯常的脏乱，没颜料，没废纸，没有脏画具，只是在洁白的墙上常会钉着一大张宣纸，上面有铅笔打的比例线。我问刘丹是不是他很重视工作后的整理？刘丹说，

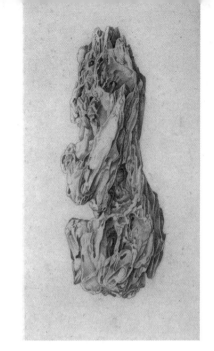

整理是他工作的开始，而不是结束。有人发现他的书架上落满尘土，他说那是他故意不打扫，因为尘土使书画附上颜色，那叫自然"作旧"。多事者想帮他抹灰，他说，你用手一抹，尘土上就有了手印，破坏了尘土的整体感。"土与旧书好像是和声，如果打扫了一部分，另一部分怎么办？土飞起来，落下去，安家；又飞起来，落下去，使它们与书的关系协调。"

桌上放着刘丹的各种收藏：玉器、玻璃器、古玩、古字画、古代精品或者是现代大师的作品。他喜欢把玩。到了美国二十年，尽管他的画被各国博物馆及名流收藏，但他从来没有过买房置地或结婚生子的打算。有一次在拍卖行花了六万美金买下了一幅宋徽宗的真迹，还大方地让我摸了那张画一下，回家后我就头疼了一晚上，可见真画有真能量，不能乱摸。

那时刘丹居室的墙上挂着一幅巨大的工笔画，是一本老字典，字典像是刚被打开，每一张老黄纸都在墙上掀动。问是什么字典，刘丹从桌上拿起一个小丝绸包裹，打开，里面有一个像手掌般大的字典，"就是这本字典。"他把字典托在手心上给我看。这是一本精致的康熙袖珍字典，刘丹将它画成一面墙大，把书的细部全活活勾画出来，推到人眼前，似乎是在展示它又黄又脆的纸、破旧的丝绸包装及精美书法。但别被他唬了，这绝不是一幅写实主义的作品，刘丹是一个放大现实的专家。他不喜欢现实本身，也绝对不想做一个写实主义画家。写实的人喜欢现实，而刘丹压根不活在现实里，只喜欢夸张，喜欢以绝对的精确构成似真非真的假象。他好像一个魔术师，必须用真实的东西来骗你的眼睛。刘丹赋予他手下的物体加倍的能量，像所有天才的创作家，给一个没有意义的现实世界制造非常真实的幻觉。面对这部扑面而来的字典，就像面对一部赋格合唱，方方正正，优雅严谨，所有细节都是在严格的谐调搭配法则上存在着。那些翻动的纸张就像是不同和声层次上的旋律，里面的字在严肃地咏唱：漠漆滑……但是它早已超越了黄纸和"漠漆滑"的现实，它在向人显示一个动机的无限能量。这张画被香港银行买下来，现在就挂在曼哈顿四十二街的香港银行楼上。

我喜欢将刘丹画中的动机（motive/motif）与音乐的动机相比。中国的美术界肯定对"motive"一词有不同的译法，所以当我说"动机"时，刘丹曾愣了一下，后来我说 motive 时，他马上就明白了。看来中国音乐教科书的词汇译法不是统一译法。"动机"一词在音乐中是指一部作品的最初元素，常常只有几个音，尤其是在巴赫的赋格作品里，动机像几滴水，由此发展成大瀑布。

当时我刚创作完《中国拼贴》，看到刘丹的巨幅山水画卷，立即从心里又生出更多的音乐动机来。《中国拼贴》正是我尝试着"重新回到诱惑的开始"所作的作品，刘丹的巨幅山水又击中了我的耳朵。这幅占据了圣·帝亚哥博物馆半个展厅的水墨长卷，自始至终像是从一个动机中倾泻而出，一股水哗哗地涌出几里地，没见止境，打破了古典艺术的起承转合。我从音乐的角度来听译刘丹的画：音乐历史由古至今，只有原始和简约主义的声音是停留和强调一个动机的，而这一个动机在刘丹的笔下早就超越了原始或简约的原则，它放大和缩小着、增加和减少着细节，在刘丹的微观世界里变奏。颤音，长音，顿音，切分音，环绕音，上滑音，下滑音，重复音，噪音，琶音，外音，增音，减音，过滤音，加厚音，挤压音，高频音，低频音，嘶裂音，回响音……就是一个音，一个分子，它平方，立方，平方根，二维，三维，四维，十二维地分裂开去。这个无限大的长卷，乐思汹涌，细致之处显出艺术家的精确，给人一种刻意的错觉，但它内在有一种巨大的潜意识的抗争，似乎要和一个已经被安排好的命运争执，要扩大，要让别人看到它不可制止的能量。一般人对中国山水画的理解是描写大自然，但刘丹不是一个要大自然的人。肉眼看到的大自然对他来说太简单了，他要描写气，他要钻进微观世界，以分子发泄能量。他看到那些气流，那些造成画面的微小分子，就像音乐只会钻到音乐家的耳朵里，别人听不见。这些微小的分子挤压在一起，布满世界各个角落，布满人的内心和身体，骚动不安，随时等待着被吸收、被描述、被化作能量喷出。如果细细观看，可以感到刘丹在他笔下的每一个小分子中都藏了一个见解和一种声音，让它们同时喧嚣，观者无法忽视它们的个体存在。这股分子组成的气流又好像一种没有边际的图解，解释着肉眼看不到的一个精确的宇宙，虽然貌似骚动，但不能容忍任何凌乱的痕迹。

我最喜欢的刘丹作品，包括他的一组石头画像。他把一块小小的文人灵石，转动着画了十二个角度。这是刘丹为一位收藏家所作，这十二个角度的文人石像像是一个女人的十二面像。我常常端着这十二张石像的照片细看，看来看去，发现这又是刘丹的一部以一个乐句作无限发展的作品。粗心的人会以为刘丹是死盯着石头在临摹，那才被他糊弄了。刘丹不临摹，石头在画前，所有的细节都不放过，他还有比例尺和精确的眼睛，笔下的石头比真的还逼真。所有真的元素都是他从微观世界中夸张放大出来的。石头有，纹路也有，曲线也有，但如果不会无中生有，就什么都没有。刘丹是无中生有的天才。

我一直想为这十二面石头作曲，趁此机会，写出十二首小调变奏词以歌咏刘丹的十二面石头像（潘金莲唱）：

(一)

灵石清秀。伶、凌、聆、灵石。陵里灵，靓灵，气里灵石倾，灵石气里灵清气秀。

(二)

灵石清灵丽秀。石，拾，矢，实，噬，炻，蚀，石气灵清。青清，戏细，贞真，秀。

(三)

灵石依清傍秀。清秀，卿羞，情秀。傍，蚌，帮，斜依，秀袖容清斜傍真石是灵。

(四)

阿揖灵石真清秀。古道真清。磐石蜿蜒卿情路秀不在此间顾盼流连是有石从清秀生来。

(五)

唏嘘灵石。清灵，秀气，点靛颠恬灵气，清青轻晴情卿。石刹唏嘘岐嚓灵秀吁吁清气。

(六)

又见石。拱手灵仪，清肩秀股，尊遵樽。雍容体秀不是石不动是石动之处有情卿轻清。

(七)

好秀石有灵。拜了又拜，遍体经纶修秀。清，鸿，汩，漠，渤，涡，瀑，潞，有石接。

(八)

石背有知灵清秀。深底见谷屿迁岖渠幽游恍惶圳真鸣呼哑哑渺渺遥遥好石有灵在清秀山。

(九)

寸石有巨灵伸展高大不屑于俗家之秀我自有大气浑然不见暗处只见大光，卿再待进深谷。

(十)

影影掩掩才显秀石清灵。蜿漪流

溪细浴崎岖尽淌千处风流。翻来转去摸摩擦挲一片暗处。

(十一)

无形，有边。有声，无欲。守住一片空灵石气。随气之清，随气之秀，随气而转变去来。

(十二)

婷婷袅袅有灵石清秀。阴阳恒定，粗细蜿蜒。哼鸣吟唱唏嘘婉转娇声多姿多感有灵是石。

为青少年读者作的音乐家言论拼贴

（代结束语）

有人问什么是蓝调。这很难解释给那种从来没有过爱情饥渴或是被深爱的人抛弃了的人，受伤的心、困扰的思路、渴望那没有和你在一起的人，还有很多别的例子……蓝调在深夜最好听，当灯光暗淡，暗淡得无法认清十步远的人，烟气之浓你可以抓一把放在兜里，卷烟的味儿闻着又累又甜，醉醺醺的非法酒精，派得蒙特香烟和郝仪特男人香水……弹钢琴的人趴在八十八个琴键上，趴得之低你得把整个乐器都吞下去才能找到他。他就是那种象牙的夜晚说着谁都听得懂的话。

……这是那些转折……是从灵魂来的事。他们哭出来。你可以上去或掉下来，可以呻吟，看，你请求，然后你倾诉……

蓝调音符是在钢琴上；在钢琴上正像歌剧那么震颤和歌唱。一个蓝调音符？没有蓝音符那么回事。蓝调不拥有音符。音乐的世界拥有在钢琴上的音符和音响。

你说的是老伤感七度。我们给了蓝调那个七度。但是它可以是任何东西。它随个人的愿望决定什么时候和怎么拿出来。

——托马斯·多西（Thomas A．Dorsey）

无论我在哪儿，我没有任何作曲的想法来听四周的声音，只是享受和经历着倾听的过程……我希望能记住乔伊斯写的"尤利西斯"的第三章，第三章的第一句话，当他讲到看的经验，在第二段，听的经验。这真是对生活太重要了：眼睛和耳朵。

——约翰·凯之（John Cage）

……另一个阶段的音乐我叫它"思想音乐"或"直觉音乐"——不可能演奏的音乐，不可能听到的音乐，你只能去想象。比如说，"音乐藏在你的指甲里"，你的指甲里绝对有音乐，但是你听不见，你只能想它，想象它可能是什么声音。音乐必须是音响吗？我不知道……

我永远用音乐作为最特殊的媒介，因为它对我来说那么抽象，好像一个秘密。音乐有你无法触摸的东西：它来了又走了，可能给你留下一些痕迹，留在你身体里，但是你触摸不到，哪怕你留在你的录音里或者什么合成器里。每次它来时总会因为你的情绪不同而变化。

——米兰·耐扎克（Milan Knizak）

把音乐想成生活。我作音乐时想生活，制造生活，我要它活着。

我要它有好感觉和好味道。

——李·佩瑞（Lee Perry）

嘿，这（声音）真让人发电，哥们儿。这情绪太棒了，哥们儿。把它放出来。这他妈是什么？

——马少·杰佛森（Marshall Jefferson）

就是演奏，演奏任何声音，自由的演奏。

把自己从美国黑人和白人中隔离出来，我就是我，这比说什么都明确。所以我的演奏是自然的。

我从来没有见过任何人像我长大时遇到的爵士音乐家们那样无私，我曾和他们一起演奏。他们不是为了钱而演奏，他们演奏因为他们愿意演奏。你可以从他们的音乐中听出来。世上没有任何类似的事。早期的爵士唱片，绝对地发自内心，他们演奏爵士因为他们喜欢爵士。

——桑·日阿（Sun Ra）

我的音乐使我生存。我必须演奏这种世外之声。我一生仅求能够独自从上帝的给予中创作，这已是得天独厚了。

——艾伯特·爱伊乐（Albert Ayler）

图书在版编目（CIP）数据

你活着，因为你有同类 / 刘索拉著.—上海：文汇出版社，2005.1

ISBN7-80676-169-1

Ⅰ.你… Ⅱ. 刘… Ⅲ. 散文－作品集－中国－当代

Ⅳ. I267

中国版本图书馆CIP数据核字（2004）第128436号

· 文汇原创丛书 ·

你活着，因为你有同类

——城市与艺术家散文杂记

作　　者 / 刘索拉

丛书主编 / 萧关鸿

责任编辑 / 竺振榕

封面装帧
　　　　 / 陆素义
版式设计

出版发行 / **文匯** 出版社

上海市威海路755号

（邮政编码200041）

经　　销 / 全国新华书店

印刷装订 / 上海长阳印刷厂

版　　次 / 2005年1月第1版

印　　次 / 2005年6月第2次印刷

开　　本 / 640 × 940　1/16

字　　数 / 140千

印　　张 / 11.25

印　　数 / 10001－15100

ISBN7-80676-169-1/G · 074

定　　价 / 28.00元